ハヤカワ文庫JA
〈JA1397〉

グイン・サーガ⑭⑥

雲雀とイリス

五代ゆう
天狼プロダクション監修

AERIS ET ALAUDA
by
Yu Godai
under the supervision
of
Tenro Production
2019

カバーイラスト／丹野 忍

目次

本書は書き下ろし作品です。

ぼくはひばり
空ゆくひばり
ぼくのゆくえを問いたいならば風にきいておくれ
ぼくはうたう、揺れる花々の歌を
白く泡立つせせらぎのささやきを
はなやぎ笑う娘たちのかがやく瞳を

ぼくはうたう、光あふれるこの世界に
ありとあらゆるすべてのものに
ぼくの声をきいておくれ、いとしいひとよ
この歌こそがぼく、ぼくこそが歌
この声の黙するときにぼくは死に
響きつづけるかぎり生きつづける、それがぼく

——マリウス

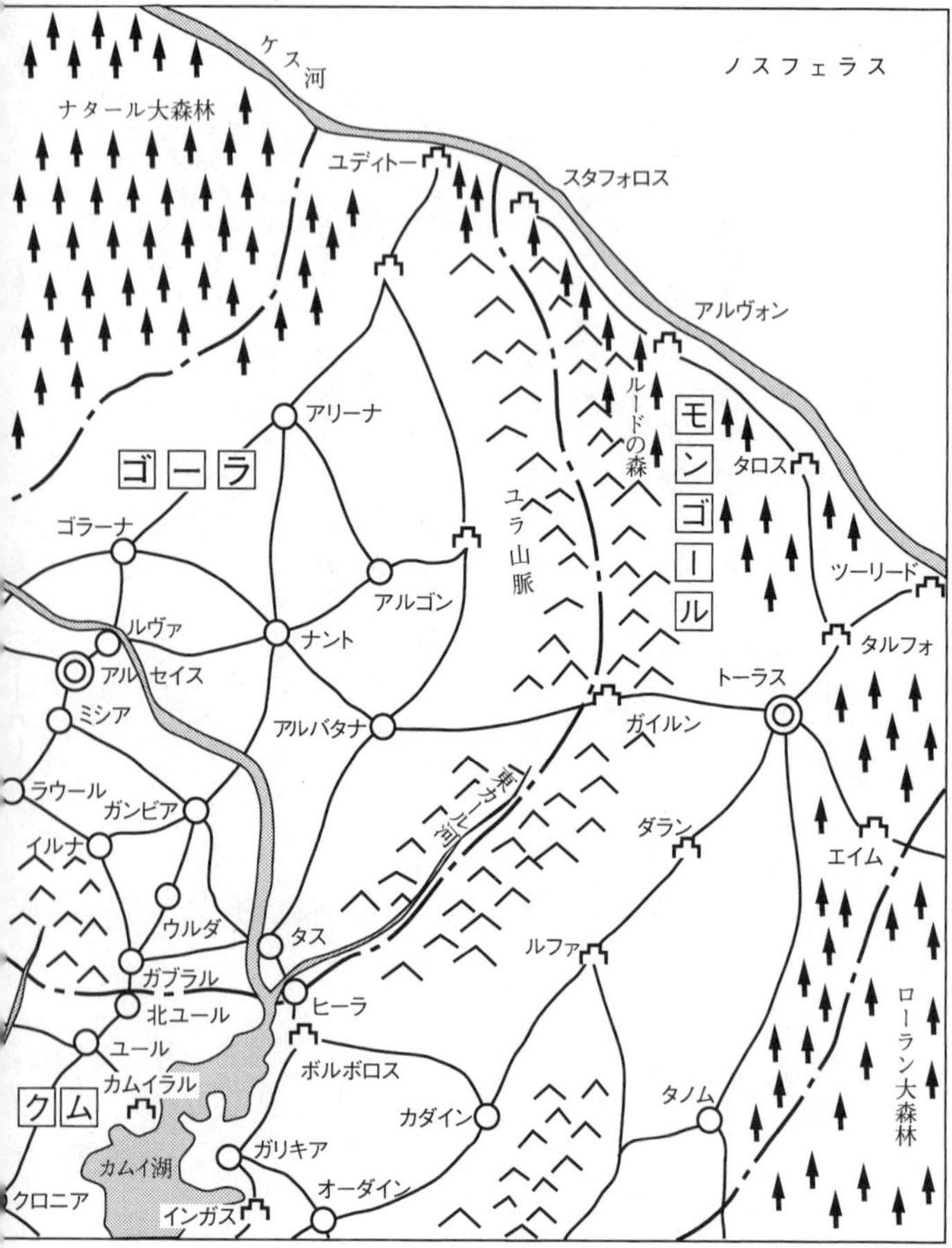
ケス河
ノスフェラス
ナタール大森林
ユディトー
スタフォロス
アルヴォン
ルードの森
モンゴール
タロス
ツーリード
タルフォ
トーラス
ガイルン
ユラ山脈
アリーナ
ゴーラ
ゴラーナ
アルゴン
ナント
ルヴァ
アルセイス
ミシア
アルバタナ
東カール河
ラウール
ガンビア
イルナ
ウルダ
タス
ガブラル
ヒーラ
北ユール
ユール
カムイラル
クム
ボルボロス
カダイン
ダラン
ルファ
エイム
ローラン大森林
タノム
ガリキア
カムイ湖
クロニア
オーダイン
インガス

〔中原拡大図〕

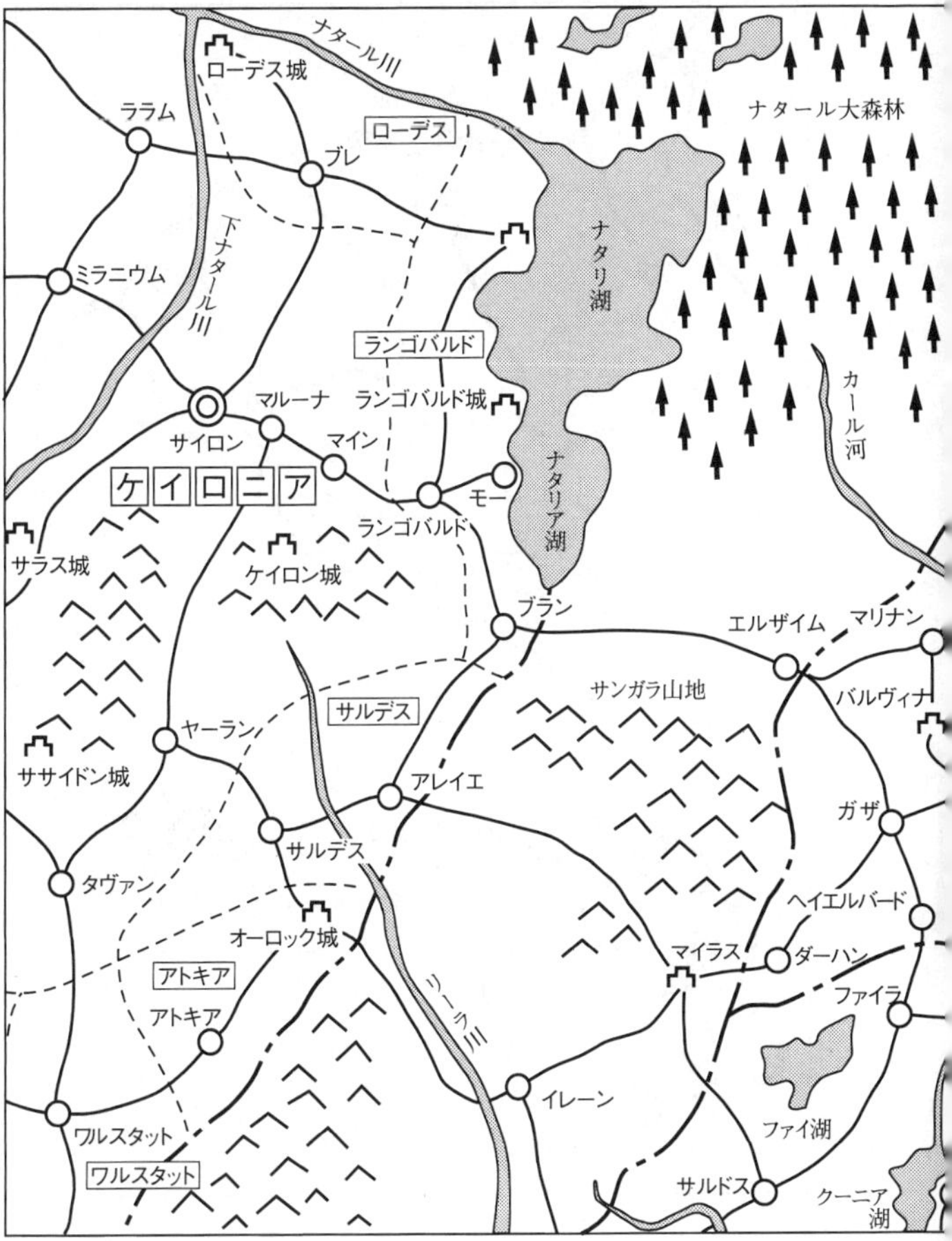
ナタール川
ローデス城
ララム
ローデス
ブレ
ナタール大森林
ナタリ湖
下ナタール川
ミラニウム
ランゴバルド
カール河
サイロン
マルーナ
ランゴバルド城
マイン
ナタリア湖
ケイロニア
モー
ランゴバルド
サラス城
ケイロン城
ブラン
エルザイム
マリナン
サンガラ山地
バルヴィナ
サルデス
ヤーラン
ササイドン城
アレイエ
ガザ
サルデス
タヴァン
ヘイエルバード
オーロック城
マイラス
ダーハン
アトキア
ファイラ
アトキア
リーラ川
イレーン
ファイ湖
ワルスタット
ワルスタット
サルドス
クーニア湖

〔中原周辺図〕

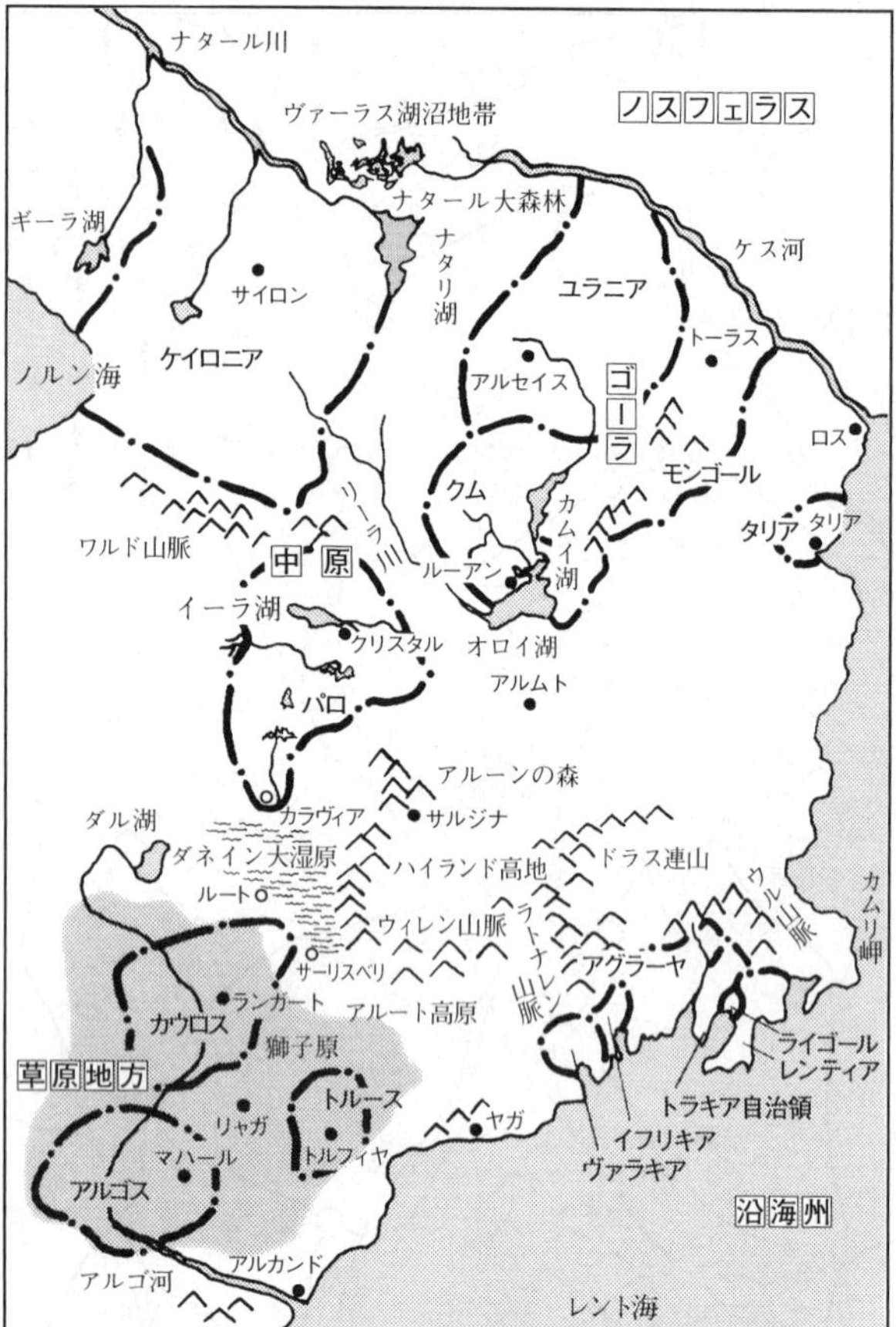

ナタール川
ヴァーラス湖沼地帯
ノスフェラス
ナタール大森林
ギーラ湖
ケス河
ナタリ湖
サイロン
ユラニア
トーラス
ノルン海
ケイロニア
アルセイス
ゴーラ
ロス
モンゴール
リーラ川
クム
カムイ湖
タリア
タリア
ワルド山脈
中原
ルーアン
イーラ湖
クリスタル
オロイ湖
アルムト
パロ
アルーンの森
カラヴィア
サルジナ
ダル湖
ダネイン大湿原
ドラス連山
ハイランド高地
ルート
ウル山脈
カムリ岬
ウィレン山脈
ラトナレン山脈
サーリスベリ
アグラーヤ
ランガート
アルート高原
カウロス
獅子原
ライゴール
レンティア
草原地方
トルース
トラキア自治領
リャガ
ヤガ
イフリキア
マハール
トルフィヤ
ヴァラキア
アルゴス
沿海州
アルカンド
アルゴ河
レント海

雲雀とイリス

登場人物

グイン……………………………ケイロニア王
リギア……………………………聖騎士伯
マリウス…………………………吟遊詩人
ヴァレリウス……………………パロの宰相
ハゾス……………………………ケイロニアの宰相
ヴァルーサ………………………グインの愛妾
アウロラ…………………………沿海州レンティアの王女
アストリアス……………………〈風の騎士〉
ハラス……………………………元モンゴール騎士
スカール…………………………アルゴスの黒太子
ブラン……………………………ドライドン騎士団副団長
ロータス・トレヴァーン………ヴァラキア大公
アンダヌス………………………ライゴール議長
アルミナ…………………………パロ前王妃
ボルゴ・ヴァレン………………アグラーヤ王。アルミナの父
ザザ………………………………黄昏の国の女王
ウーラ……………………………ノスフェラスの狼王
スーティ…………………………フロリーの息子
アクテ……………………………ディモスの妻
パリス……………………………元シルヴィア付きの下男
ユリウス…………………………淫魔
グラチウス………………………魔道師

第一話　水晶宮の影（承前）

1

「はい、ナリス様」

一瞬グインは、しびれたような感覚にとらわれた。その名前が誰のものか、頭の中を手探りするあいだ敷居の上に足を止めたが、そのあいだに、正面のうすい紗幕はゆっくりと左右に開きはじめていた。おもりに金の小房をつけた幕がするするとひかれていくと同時に、中で、長身の人影がたちあがるのが見えた。

パロの高位の人物の服装を彼はしていた。長い白のトーガに、銀糸で織ったサッシュを巻き、肩からは紫の肩掛けをつけて、ひじから手首までの袖は真珠のボタンで細く絞っている。胸には水晶の祈り紐がさがっており、刻んだクリスタルがきらきらと輝きを放っていた。

「ナリス！」

グインは啞然として呟いた。ようやくそれが誰の名前であるかに思い当たったのだった。同時に、それがいかにありえないことであるかも。

「アルド・ナリスか？　……まさか、そんな！」

幕はすっかり開ききった。内部にいた人物はすらりとした長身を優雅に立てて、ゆったりと歩み出してきた。その顔は七宝に宝石をはめ込んだヤヌスの仮面で覆われていたが、白い指がそのあごに触れ、何かすると、仮面はするりと横にはずれ、下の顔が見えた。

「久しぶりだね、といえばいいのかな、――グイン」

涼やかな鐘を鳴らすような声が言った。

「奇妙な気分なのはわかるよ。……ああ、君にとっては、私の死は忘却の領域に属することがら、だったのかな？　だが、私が本来ここにいるはずがないことはわかっているというわけだね。しかし、真実だ。私はここにおり、そうして、ふたたび君とむかいあっている」

仮面の下から現われた顔はこよなく美しかった。細いおとがいに完璧な輪郭を描く朱い唇、すんなりと通った鼻筋、傷ひとつないなめらかな頰、秀でた額、そして、夜の色の髪と瞳――月のない夜、星の微光すらない真の夜をそこに集めたかのような漆黒の長い黒髪が、白いトーガの上に流れおちている。黒い瞳はりんと張り、凍りついているグインをさも興味深げに見つめていた。

実際、多少面白がっている風でもあった。仮面をわきに置き、進み出てきた彼は、いかにも親しげにグインに手をさしのべた。さらさらと衣擦れがあとに続き、黒髪がゆれた。

「アルド・ナリスは……ナリスは……マルガに葬られている」

グインはやっと言った。ナリス、それとも、そう名乗っているものは、美しくほほえんで、知っているよ、と応えた。

「マルガには私の霊廟があって、私の身体がそこに葬られている。わかっているとも。だが、ここに私がいることも事実なのだ。君が私の死の床に付き添ってくれたことも、君は忘れているかもしれないが、私はおぼえている。私は君の頭に触れて、生涯でたった一度、真の英雄である豹頭王グインに逢ったことに身を震わせた」

その記憶を思い起こすように、ナリスは片手を胸にあて、そっと拳を作った。

「あの記憶が君の中ではなかったことになっているとはさびしい限りだよ。だが、こうしていまふたたび私たちはまみえた。あのときとは場合も立場も違ってはいするが、もう一度言葉を交わし合えることを、私としては祝いたい気分なのだが」

「もし、あなたが……お前が……ほんとうにアルド・ナリスだとして」

グインはまだ混乱していた。彼にとってあくまで、アルド・ナリスは会ったことはないが名の高いパロの人物にとどまっており、その死も、他人から聞かされた事実としてしか残っていなかったが、目の前の人物が語る言葉は、薄気味悪くなるような確信に満ちていた。

「なぜ、ここにいる？　このようなところに？　俺をヤヌスの塔まで導いてきた女人はなにものなのだ。死からよみがえったというならば、それは何ゆえだ。外で竜頭兵が虐殺を繰り広げたことは知っているのか。お前は——ほんとうに——」

以前、グラチウスから語られた言葉が脳裏をよぎった。あの魔道師は、竜王が人造人間をつくってクリスタルに置いていると語ったのではなかったか。であるとしたら今、まさにその人造人間と向かい合っているのでないと誰に言えよう。

「ほんとうに——人間なのか？」

「おお、おお！」

ナリスの姿をしたものは朗らかな笑い声をひびかせた。黄金色の笑い声は溶けた蜜のように甘かった。

「それは深遠な質問だね、グイン！　私は確かに一度死んだ。それを否定するつもりはない。だが、人間を人間と規定するものは何だろう？　あるいは、ひとりの人格を、連続したものであると認めるための根拠は？　私は死んだときの記憶も持ち合わせているが、同時に、自分は人間であり、アルド・ナリスであるという自覚も持ち続けている。

あるものが自分は人間だと主張すれば、それは人間と認められるのか？　それとも人間と呼ばれるためには厳密な規格があって、それにあてはまらないものは人間とは認められないのか？　ふしぎだね、グイン、あなただって、自分が何者であるかについてはいまだに答えを得ていないというのに、他人にはその質問を投げかけるというの？」

グインはグッとつまって喉を鳴らした。豹頭人身の自分が、はたしてほんとうに人間であるのかどうかという疑問は、常に彼の心に食らいついて離れない疑問であった。

「そのほかの質問についてはね、グイン、竜頭兵の狼藉については確かに知っているよ。私のしわざではないけれどね。私の役目はここにいて、囚われ人たちのようすを見守ることだったから。私はここから、懐かしいイシュトヴァーンや、わが愛する妻や、そう、あなたのお国の生真面目な選帝侯を見守ることに忙しかった、だから虐殺を私のせいにされるのは困るよ。あれはあくまで私をよみがえらせた者のやったことで、私はいとしいパロの国民をあのような殺戮に巻き込むことなど決してしない」

その時だけナリスの声は冷酷な響きを帯びた。

「おそらくそれについてはいつか返礼をすることになると思うよ。あなたのお国の選帝侯のことでは謝らないけれどね。彼はあまりにも純朴で、純粋すぎた。魔道に対して心を鎧うには、人の心はあまりにもろいけれど、彼の心はひときわ素直で、無防備だった」

「ディモスに催眠をかけたのはお前だというのか」

「言ったはずだよ、私が任されたのは見守ることだけだ」

ナリスの姿をした者はさらさらと裾をひいて幕の中から出てきた。それだけでまるで夢のような光景だった。夜の髪と瞳はさえざえとして黒く、破壊され、二度と立てないはずだった左足はなんでもなかったようにすんなりと長く伸びている。

「私は今も変わらない私のままだよ。私のしたいことは今も昔もただひとつ、この世界の成立についての真実を知りたい、宇宙についての真理を得たい、自分がどこから来て、どこへ行くのか知りたい……それだけだ。ほかのことはすべて二の次でしかない。

私についてどんなことを考えているのか知らないけれど、あなたもヴァレリウスや、リギアがよく私について言っていたのと同じ誤解をしているようだね。死を経験し、どういう存在であれ今ふたたびここに立っている私だけれど、私は今もけっして悪魔ではない。ただの、ひとりの人間にすぎないよ」

ナリスの姿をした者……アルド・ナリスは流れるような挙措《きょそ》で椅子に腰をおろし、水差しを取りあげてまっかな酒を酒杯にそそいだ。

「立っていないで、少し腰をおろしたらどう？　あなたと話したいことはたくさんあるんだ、グイン、あなたほど、世界の秘密に近い人はいない。古代機械の主にしてノスフェラスの王、あなたと、語り合いたいことはいくらでもあるんだ」

そそいで差し出した酒杯を、銀色の光が一閃した。酒杯は真っ二つに砕けて床に落ち、酒が血のように絨毯に広がった。「おやおや」ナリスは肩をすくめた。

「もったいないことを。毒など入っていないよ」

「悠長に話し合っている暇など、俺にはない」

グインの声は動揺を抑えてきびしかった。

「任された、と言っていたな。では、任した人間がいることになる。それは誰だ。竜王か。ヤンダル・ゾッグがお前に命じたというのか」

「私をここにおいた者、という意味で言えば、そうなるね」

あっさりとナリスはうなずいた。とたん、グインの剣を握る手に力がこもるのを目に止めて、眉をひそめ、それから軽く笑い声を立てた。

「私を切り捨ててそれですませようと思っているのかい。君らしくない短絡的な考えだね、グイン。たとえここで私を斬っても、事態は何一つ好転しないよ。だって私はここでは、見守る以外に何にもしていないのだからね。

彼、竜王が何を考えて私を拾い上げ、このクリスタルに置いたのかはわからないからたずねても無駄だ。私はあくまで、周囲で起こることを観察し、話し、動いていただけだよ。イシュトヴァーンがクリスタル・パレスに侵入したのだって、別に私がそそのかしたわけじゃない。彼がカメロンを殺すことになってしまったのも。私はただ、彼を受け止め、彼を愛し、慰めてあげただけだ。あなたのお国の選帝侯は、催眠に操られていたかもしれないけれど、私が操っていたわけじゃない。私をどうにかしたところで、なんにも得るところなんかないんだよ、グイン」

「少なくともヤンダル・ゾッグの傀儡《かいらい》をクリスタルから取り除くことはできる」

「傀儡だなんて言うのはやめてほしいな」

ナリスの声が鋭くなった。夜の瞳が黒い炎を宿して燃えあがった。

「確かに私を死の闇から引き上げたのはヤンダル・ゾッグかもしれない。だが私としては、彼の命令に従おうなんていう気はみじんも持っていないんだ。この世に何が腹の立つといって、他人のいうがままに動かされるほど屈辱的な、胸のむかつくものはない。私を選んだ竜王が何を考えていたのかはわからないけれど、その意味においてはたぶん、失望するしかないだろうよ。私を、いまの私として目覚めさせた以上、私は、私以外のものの言うことなど絶対に聞く気はないのだから」

「ならなぜ、ヤンダル・ゾッグはおまえをクリスタルにおいておくのだ」

「さあね。それこそ、竜王に訊いてみれば」

ふたたび、ナリスの声には面白がるような響きが戻っていた。

「少なくとも竜王は、あなたのケイロニアを内側から分裂させようとして選帝侯――ディモス、だったかな？　に催眠をかけた。ディモス侯はそれに従って動き、私は、デビ

・フェリシア――あなたを塔まで連れてきてくれた女性だよ――を通してその動静を見ていた。見ていたことが罪だと言われれば一言もないけれどね。それが偶然、竜王の目的にかなっていたのかもしれない。どうだかわからないよ。私は、ただ私のしたいようにしかしていないのだからね」
「では、お前のしたいことというのは、何なのだ、アルド・ナリスの名を名乗るものよ」

「それも、すでに言ったよ」

ナリスの姿をしたものは目をあやしく光らせた。

「世界生成の秘密を知ること、――この宇宙の真実を確かめること。私の究極の目的はそれにつきる。昔も今も、私はそのためにのみ動いている。死によって、私に絡みついていたすべてのしがらみは溶け去った。今こそ私は、自由に、どこまでも、自分の目的を追いかけることができるのだよ」

奇妙な間が生じた。グインはとつぜんの寒気を感じたようにぶるりと身を震わせた。

彼は新たな目で目の前の人物を見直した。のびのびとしたようすで座っている麗人は手の中の酒杯に目を落とし、ゆっくりと揺らしている。それそのものが一幅の絵といえるほどに美しかった。グインは、その姿にどこか陰鬱なもの、冷酷なもの、無残なものを見つけようとしたが、見つけることはできなかった。ナリスと名乗るものはあくまで美しく、その挙措はどこまでも優雅で、人間らしくないところはどこにもない。生前のナリスの記憶を自分がなくしていることがくやしかった。もし覚えていれば、いまの目の前のナリスと比べることもできたかもしれない。

だが覚えていない以上、判断の材料は目の前のナリスしかなかった。ヤンダル・ゾッグの手でよみがえらせられながら、自分は竜王の傀儡ではない、自分の目的でのみ動いていると主張するこのものが、はたしてほんとうのことを言っているのか、判断することは今のグインにはむずかしかった。そいつが実際には竜王の操り人形で、自分では自分の思うままに動いているだけだと信じこんでいるとしても、見分けることはできなかったろう。

斬り捨ててすませられるならそれでもよかった。だが、見たところ何の害意も見せずにのんびりと酒を味わっているだけの相手にむかって剣を振り上げる気にはなれなかったし、もし、そうできたとしても、斬り捨てることによってもっと別の罠が作動しないとは言い切れなかった。自分は呼ばれてここに連れてこられたことを考えても、ここで何かすることによって、何らかの陥穽《かんせい》が口を開けないともかぎらない。

「迷っているね」

ナリスが目を上げて含み笑った。

「俺をここに連れてこさせた目的はなんだ」

「私が会いたかったから。それ以外に理由は必要かな」

小首をかしげてナリスはグインを見上げた。

「あなたは世界生成の秘密に通じる道だと私は確信している。そうでなければグラチウスや、ヤンダル・ゾッグ、名だたる大魔道師たちがあなたを欲しがるわけがない。私は以前、子供が英雄に憧れるようにして、あなたに恋していた。今はそれにもまして、世界への架け橋としてのあなたに興味を抱いているよ。古代機械のグランドマスター、ノスフェラスの王、ケイロニアの英雄にして豹頭王、遠く遠く、豹の頭の神々が住んでいる世界からやってきたのかもしれないあなた——あなたの謎を解くことができれば、それは、そのまま、世界生成の秘密につながる、そういう気がしているんだ。あなたはかたちをとった謎であり、生ける秘密なんだよ、グイン。

私は以前、少ししかあなたに会うことができなかった。今、じっくりとあなたと話し合うことができる機会を得て、喜んでいるんだ。あなたは私に貴重な示唆をくれるにちがいないという気がするんだ。私が求めてやまない、宇宙と世界の秘密に関する重大な事実のね」

「俺は何も知らない。俺は、ただ俺なだけだ」

「ああ、そう単純に言い切れる人間がどれだけ貴重か、あなたにはわからないのだろうね、グイン？　あなた、あなたがあなたであることが、そのまま秘密であり、謎なのだということがわからないかな。そして私が私であることも、しかり、謎だ。この世は大いなる謎に満ちているが、その中でももっとも大きなものが、あなたと、あなたに属するものなのだよ、グイン」

「秘密や謎という話はどうでもいい」

抜き払った剣をグインは宙に振って怒鳴った。

「俺が会いたいのはディモスをあのような状態におとしめた相手、クリスタルに竜頭兵を放った相手だ。それがお前でないというなら、その相手はどこにいる。ヤンダル・ゾッグめはどこにいる。お前がやつの手先でないというのなら、竜王の手先は、いったいどこにいるのだ」

「手先という言い方はやめてもらいたいな。私は竜王に従うつもりなどみじんもないのだから」

ナリスはじっくりと酒を味わっていた。

「あなたをここに呼んだのは私だということを忘れないでもらいたいな。ディモス侯のことや、クリスタルの竜頭兵を誰が放ったかということは、私にとっては、ひとまずどうでもいいんだ。私は、あなたと話したくてあなたを呼んだのだ。その剣をおろして、もっと落ちついて話をしないかい？」

「落ちついて話などできるものか。ここは、俺にとっては敵地同然だ」

「あなたに害をなそうとするものはいないよ、豹頭王。ただ、私がいるだけだ」

「ナリス――お前がほんとうにアルド・ナリスであると仮定して――お前が実際に、竜王によって再生されたものなのだとしたら俺がどうしてお前を信じられるというのだ」

太い声でグインは詰問した。

「お前自身が気づかないうちに、俺への罠が仕掛けられていないとどうしてわかる。お前はアルド・ナリスらしくふるまっているだけのたんなる操り人形かもしれない、俺を手に入れようとする竜王の新たな罠ではないとどうしてわかる。

お前自身、アルド・ナリスは死んだと認めているではないか。死者の蘇生は禁じられた魔道だ。また実行したところで、自立した思考を持たないゾンビーができるだけのことだ。しかし、竜王の手によってよみがえらされたというお前がここにいる。竜王の魔道によってそれがなされたというのであれば、俺は、お前を竜王の手のものと考えぬわけにはいかない。お前が口でなんといおうと、その裏に、どんな竜王の企みが隠されているかしれぬからだ」

「やれやれ。どうしても信じてもらえないか。それも仕方がないが」

ナリスはため息をついて立ちあがり、酒杯を卓に置いた。

「ではせめて、私の手もとにいる者たちの様子でも見てみないかい、グイン。イシュトヴァーンとリンダは私のもとにいるよ。彼らがどうしているかを見れば、少しは安心してくれるのではないのかな。私はどちらにも手を出していないし、大切に扱っているよ。言葉を交わさせてあげることはできないけれど、二人が無事でいることを確かめれば、あなたも少しは安堵するのではないのかな」

「安堵など、できるものか」

吐き捨てるようにグインは言ったが、その時には、ナリスはすでに向きをかえて紗幕の内側へ戻っていた。すぐに、手の上に大きな水晶球をささげて出てきた。手を離すと、水晶球はそこに見えない台があるかのようにそのまま宙にとどまった。

「ふたたびこの世に戻ったせいか知らないが、以前よりもいささか強い魔道が使えるようになっていてね。……ごらん。彼らの様子が見えるよ」

水晶球は同じ高さに留まったまま、すべるようにグインの目の前までやってきた。グインは目をそむけようとしたが、球の中で動いたものの姿を見て、はっとなってつい球に向き直っていた。

するとグインは一瞬のうちに別の部屋の中に立っていた。典雅にととのえられていたヤヌスの塔の下の部屋とはうってかわって、酒瓶が転がり、脱ぎ散らかされた衣服と食い散らかした食物の食べかすが散らばる、汚れた部屋だった。目の前で、黒髪の、鞭のように痩せた男が、ぼさぼさに伸びた髪をくしゃくしゃにし、頭を抱えてむせぶような声をあげていた。

「イシュトヴァーン」

思わずグインはいい、手を伸ばして彼に触れようとしたが、指は幻影に触れるかのごとく何にも触れずに通りすぎた。イシュトヴァーンは何事かを感じたようにびくっと頭を上げ、グインのいる方をおびえた目つきで見たが、グインを見ることはできないようだった。

ぼさぼさの前髪のあいだから見え隠れする目に、グインは衝撃を受けた。情熱と野心にぎらぎらと常に燃えさかっていた目は、ひどくよどんで、ほとんどなにも映していないかのようだった。無精髭があごから耳の下まで覆いつくし、両目の下には濃い隈ができている。腫れ上がったまぶたは真っ赤で、血走った両目からは幾筋も涙のあとが汚れた頬を走っている。

『だれだ……？』

かすれた声でイシュトヴァーンは誰何《すいか》した。

『だれだ……？　だれかそこにいるのか……？　カメロン……？』

そう呟いた瞬間、彼は恐ろしいわめき声を上げて、抜き身のまま転がっていた剣を取りあげ、やみくもに振りまわした。『違う……違う……俺じゃない』荒い呼吸のあいだからそんな声が聞こえた。

『俺じゃない……俺のせいじゃない……だからそんな目で見るな……そんな目で俺を見

るな、くそっ、ちくしょう、カメロン――マルコ、カメロン……』

　夢中になってなにもない空間相手に剣を振りまわすイシュトヴァーンのところに、誰かが入ってきた。はっとして見ると、それは白いトーガに紫の肩掛けをつけ、銀のサッシュを巻いたアルド・ナリスだった。やさしい声で彼は呼びかけた。

『イシュトヴァーン、また泣いているの？』

　そう声をかけられたとたん、イシュトヴァーンはがらりと剣を取り落とした。『ナリス様』と震え声で呟き、その場にうずくまって泣き出した。

『よしよし』とナリスはいい、膝をつくと、泣いているイシュトヴァーンの頭を抱え上げるようにして抱きしめた。

『もう嘆くのはおやめ、イシュトヴァーン。あれはもう、起こってしまったことだ。泣いてもどうしようもないことなのだよ。私にはわかっている、お前には、殺すつもりなどなかったのだよね。かわいそうなイシュトヴァーン、お前が悪いのではないよ。すべて偶然だ、ただ、運が悪かっただけなのだよ』

『ナリス様』

　イシュトヴァーンはナリスに抱かれたまましゃくり上げた。

『眠れないんだ……寝るとカメロンが夢に出てきて……マルコも……血まみれの手で俺を指さして責める……俺のせいじゃねえのに……俺のせいじゃ――』

『かわいそうなイシュトヴァーン』

うたうようにそう言って、ナリスはイシュトヴァーンの髪を梳《す》いた。

『血に呪われたイシュトヴァーン、死につきまとわれるイシュトヴァーン――お前の涙は私の心も痛ませるよ。カメロン卿は確かに偉大な人物だった。でもお前の頭上の紅の星が、ついに彼をも呑み込んでしまったのだね。お前のせいではないよ、イシュトヴァーン、すべては大いなる星のめぐり、ヤーンの織物の一部にすぎない。私の大切なイシュトヴァーン、どうか涙を拭いて、顔をお上げ。今はほら、私が、おまえのそばにいるじゃないか』

むせび泣きがひときわ高まった。ナリスは慈母のように両腕を広げ、泣きむせぶイシュトヴァーンをじっと抱いていた。グインは亡霊のように誰にも見られずそこに立ちながら、奇妙な胸の悪さをもってその光景を眺めていた。

「イシュトヴァーンに必要なのはそんなことではあるまい」

思わずつぶやいたひとり言に、思いがけなくすぐ耳のそばでいらえがあった。

「いや、彼は必要としているよ、心のなぐさめを、傷ついた魂に対する慰撫の手を、耐えきれない罪の重さを少しでも軽くしてくれる言葉を――だから私はそれを与えている。当たり前じゃあないかね？」

それとともに目の前の光景がふっと薄れ、水のように流れた。乱れた部屋とイシュトヴァーンの姿がにじんで消え去り、暗くなったかと思うと、また別の部屋の光景が周囲ににじみ出てきた。

幾重もの紗幕にかこまれた豪奢な寝台の上に、銀髪を散らしてひとりの娘が横になっていた。魔道の眠りに落ちているらしき顔は奇妙に無表情で、ときおりかすかに眉根を動かす以外は、まったく動きを見せない。

静かに上下する胸だけが彼女の生命を示している。豪華な錦繡《きんしゅう》にいろどられた部屋の片隅では侍女や女官らしき女たちが折り重なり合うようにして眠り、また寝台の足もとには、小さなお仕着せを着たセム族の小柄な娘が、毛むくじゃらの顔を布団に押しつけて丸くなり、ぴくりともしないで眠っていた。

「リンダ。スニ」

グインは言って手を伸ばしたが、やはり手を触れることはできなかった。リンダの銀の髪は煙のように彼の指のあいだを通りぬけた。

「イシュトヴァーンは手を触れていないよ」

また耳もとの声が言った。

「もっとも、彼は今はそれどころではないだろうけれど……きちんと婚姻の絆を結ぶまでは、身体に触れることはいけないと言い聞かせてあるからね。どう、私はちゃんと彼らを看ているだろう？　イシュトヴァーンが壊れてしまわないように、処女王リンダがその身を汚されることのないように、ちゃんと気を配っているんだよ、私は」

「リンダはお前の妻なのだろう！」

思わずグインは叫び、相手の姿を探して左右を見回した。だがどこにも姿はなく、グインは女王の横たわる寝室にひとりで立っているだけだった。

「妻だとも。だからこそこうして大切にしているのじゃないかね」

からかうような声だけが聞こえてきた。

「もし目を覚ましていたら彼女はイシュトヴァーンのことだけでなく、愛するクリスタルが竜頭兵の爪と牙で引き裂かれる様子を目の当たりにして心をずたずたにされたはずだよ。私はそうならないように彼女を遠ざけ、眠りのうちに隔離しておいたのだ。非難される筋合いはないと思うのだけどね」

「妻ならば、そもそもこのような事態に巻き込まないのが筋ではないか！」

「なるほど。あなたはそう思うのだね、グイン」

おだやかに耳もとの声は言った。

「それでは、こちらの彼女については、どう思うかね？」

またまわりが水に溶けるように流れて消え去り、新しい室内が浮かびあがってきた。

明るい庭に向かって水晶を張った扉が大きく開け放たれている。心地よい風が吹き込んで紗のカーテンを揺らし、あちこちに飾られた花や果物の香りをすみずみに行き渡らせている。壁と床はさまざまな階調の青と白のモザイクで飾られ、曲線を描く金と白の家具が、碧空に浮かぶ白い雲のように点在している。

そのうちひとつの長椅子に、ほっそりした婦人がこちらに背を向けて寄りかかっていた。その金褐色の髪と、頭のかたむけ方の何かしらが、グインの胸の深いところをつき刺した。

グインは思わず叫び声をあげ、その婦人の肩に手をかけて振り向かせようとした。手が空を切り、グインは勢いあまってつんのめった。何かを感じたのか、婦人が頭を上げ、ゆっくりとこちらに向き直ろうとする。

「シルヴィ……！」

すべて言い切らないうちに、視界は暗闇に閉ざされた。

2

「シルヴィア！」

グインは大声で叫んだ。

「シルヴィア、あなたなのか、シルヴィア！　返事をしてくれ、どこにいる、シルヴィア！　シルヴィアーッ！」

答えはなかった。なんの音も聞こえない。なんの感触もない。暗黒の空中に、グインはひとりで取り残されていた。

耳もとに囁く声も聞こえなくなっている。グインはしゃにむに手足を動かし、足を蹴り、手を振った。どこにも触れるものはなかった。とつぜんの落下感がグインをとらえた。暗黒の空間を、グインはどこまでも落ちていった。

「おのれ、アルド・ナリス！」グインは叫んだ。あの相手をそう呼んでいいのかどうか自信は持てなかったが、ほかにどう呼びようもなかった。

「やはり貴様は竜王の手先か！　この俺をとらえる罠を張っていたというのか！」

（竜王は関係ない。これは私自身の意志だ）

どこからか、殷々と声が響いてきた。

（私はあなたに興味がある。あなたを手に入れたいのだ、グイン、私はほかの魔道師どもとはわけが違う。あなたが持っているエネルギーになどなんの興味もない。私がほしいのは、あなたの心と体に秘められている世界生成の秘密、あなた自身という謎、遠い星のひとびとの記憶、そういったものだ。あなた自身が今は思いだすことができない秘密でさえも、ほしい。私はあなたを手に入れたいのだ、豹頭王グイン）

「貴様に俺を手に入れることなどできん！」

グインは吠えた。同時に、落下しつづける身体を、四方から何かやわらかい、ねっとりとしたものが取りまきはじめるのを感じた。それはじわじわとグインの鼻から、口から、目から、耳から毛穴からグインの身体に浸透し、異様な冷たさと悪寒を運んできた。

寒くなったと思うと、かっと熱くなった。いまや落下は止まっていた。やわらかくねっとりとした、目には見えないが確かに量感のあるそれは、じわじわとグインの身体と意識に染み渡り、暗黒の一色に染めようとしていた。

「グワーッ！」

牙をむいてグインは吠え、手応えのない暗闇をまさぐった。何か動物の内臓に手をつっこんだような熱い泥の感触があった。口も喉も、黒い熱泥にいっぱいにされて動くことができない。スナフキンの剣を呼ぼうと意識を凝らしてみたが、熱されたきりのようなものが思考にかかって念を定めることができなかった。

その間にも黒い熱泥は意識にも覆いかぶさってきてグインの意識を底へと沈めようとする。一つ一つの細胞にまでしみとおってきた黒いものが、抵抗の気力を奪い、手足を投げださせようとする。

――やはり……やはり竜王の手先なのか……！

（それは違う。私はただ、あなたを手に入れたいだけだ……）

（入れたいだけだ……）

（だけだ……）

（だけだ……）

なだめるようなナリスの声が響く。グインは吠え、叫び、わめいたが、身体を侵す黒い熱泥に動きを封じられ、声も出せない。剣が手から離れ、どこかへ漂っていく。ぐるりと身体が回転し、天も地もわからない場所で身体が宙づりになった。もがきも叫びもできない状況で、グインは憤怒と焦りの両方に燃えながら押し寄せてくる暗黒を押し返そうと苦闘した。

（どうか抵抗しないでほしい。私はゆっくりあなたと話をしたいだけだ。あなたの謎を解きたい、あなたの秘密を見いだしたい、ただそれだけなのだよ。あなたをどうしよう

という つもりはない、ただ安心して、身を委ねてくれればいいのだ……）

——たわけたことを言うな！

わずかに動いた指先が宙に浮いた剣の柄先に触った。震える指が伸び、空をかいて、剣を近くに引き寄せようとあがいた。はじかれた剣がわずかに動くのが感じられた。周囲から押し寄せる暗黒がいっそう濃く強くなった。

意識を塗り消そうとする暗黒に、燃えさかる憤怒で対抗しつつもじりじりと明晰さが削り取られていく。目を開いているのか閉じているのかもわからない闇の中で、四肢の自由も奪われ、上も下もわからない場所につり下がっていると、意志に反して不安定な感覚が身体の奥に巣食って網を張っていく。

「ガーッ！」

グインはふたたび吠えた。吠えることで喉の奥まで侵入した暗黒を吐き出そうと試みた。ふさがった喉の奥で、その声がかすかなくぐもったうなり声となったとき、小さな、きらめくような映像が、グインの脳裏に走った。

それはタラミアたちが隠れているはずの廃屋の光景だった。アウロラとルカス、カリスが、青ざめた顔に決意を浮かべて馬首を並べている。彼らが背にして守る廃屋を、ひしひしと取り囲むものがいた。銀色の鎧が光った。銀騎士の群れが、三人しか守るもののいないタラミアたちの隠れ家を、取り囲もうとしている……！

青白い光が走った。

グインは身震いし、四肢を突っ張って叫んだ。グインの全身から青い光が渦を巻いて飛びだし、暗黒をずたずたに裂いた。遠くではっと息を呑むような声がしたが、それもすぐに渦巻く光に呑み込まれて消え去っていった。光が溢れ、グイン自身の肉体もその光に呑み込まれていった。光と暗黒が同時に打ち消し合って消えたとき、そこにはもはや、グインの姿はなかった。


「ああ——やはりそう簡単にはいかないか。古代機械のほうはどうなっている？」

「動きはございません。壁の向こうで沈黙したままにございます」

「そうか。……ここで彼に力を発揮させることができれば、もしかしたら機械を再起動させることができるかもしれないと思ったのだが。彼女はどうしている」

「特にお変わりなく。ご夫君がいらっしゃったことにもお気づきではないようです」

「そう。……まあ、また機会はあるさ。彼女の存在があれば、いつでもグインを呼びよせることはできる。彼女のことでグインが動揺すれば、なんとかうまく取り込めるかと思ったんだけど、やはりそんなにやわではないね、われらが英雄は」

「は」

「私が彼女をとらえていると思えばいよいよ彼は私に対してかたくなになるのだろうな。

……竜王の手先扱いされるのはいやだけれど、彼女を押さえておけばいずれまたケイロニアに用ができたとき役立つだろう。イシュトヴァーンやリンダもいずれ」

「グイン王がディモス侯をどう扱うか、お考えですか」

「彼がディモスを極刑に処すことができるほど冷酷になれるとは思わないよ。……だが、なんの処罰もしないで済ませられるとも思わない。いずれにせよ、まだケイロニアは混乱するだろうね」

「かの女《ひと》もここにおられますし」

「そう、彼女もここにいる……ここにね」


星のきらめく虚空をまっしぐらに飛んでいた。

グインは全身を包んでいた暗黒がきれいに吹き払われているのを知った。手には剣もいつの間にか戻っている。まばたきし、手を動かし、足を蹴ってみたが、身体の感覚もすべて元に戻っていた。

あたりは漆黒の宇宙空間で、その中をグインは生身で突き進んでいるのだった。星々が銀の筋になって後ろに流れ、猛烈な速度の感覚がある。グインは頭を振り、もやのかかったような頭を振って何があったかを整理しようとした。そうだ……アルド・ナリスと名乗るものと話していた……イシュトヴァーンとリンダがいた……そして、彼女が…

…シルヴィアが……いて、思わず呼びかけようとした瞬間、暗闇が……

暗闇が襲ってきて、取りこめられたのだった。耳もとで囁くナリスの甘やかな声がよみがえってきた。あなたを手に入れたい。あなたの秘密が、謎がほしい。そんなことは知らぬ、ここから出せ、と叫びわめいても絡みついてくる闇は消えなかった。そして、ある光景が——

（アウロラ。ルカス。カリス）

それにタラミア。あの子供たち。彼らは今この瞬間にも、銀騎士たちに包囲されているかもしれないのだ。

あの光景が稲妻のように脳髄に突き刺さり、どこに隠されていたのかわからない力を引き出したのだった。全身からほとばしった力の余波を、まだグインは感じることができた。手指がしびれるようにびりびりと震えており、全身の血が煮えかえるように熱い。熱く、同時に骨も凍るほど冷たくもあった魔道の暗黒とはまったく違う、血の沸き返るような熱さだ。

だが、ここはどこだろう？　あの暗黒空間でないことは確かだった。ぞっとするような閉塞感も、四肢に絡みついてくる闇の感覚もない。なにより周囲にきらめく星の光がそれを証立てている。自らからほとばしった力が自分をどこへ飛ばしたのか、グインにはまったくわからなかった。銀騎士とアウロラたちの光景が稲妻のように降ってきたとき、突きあげてきたものが噴出するにまかせた。アウロラたちのもとへ、と念じたわけではなく、いわば反射的に放出した力が、どう働いたものなのか。

星の輝く空の行く手に、一群れの光点が現れた。みるみるうちに近くなってくる。たちまち手に取れるほどに近くなってきたそれらは、

（星船）

なんの不思議もなくグインはそう思った。そう思う自分を奇妙に思うこともなかった。巨大な銀の円盤状の物体を中心にした、編隊飛行する群れだった。その巨大さは近づくごとに明らかになり、すぐそばまで来たときには、グインはその巨大な円盤の壁に貼りついた一片の塵ほどもない自分を見いだした。迫り来る外壁は、たちまちのうちに視界を白銀の輝きで満たした。

（ぶつかる！）

息がかかるほど近くにせまった外壁に衝突する。そう感じて、腕を上げ、頭をかばったとたん、なんの感触もなくグインの身体は壁をすり抜けた。

一瞬の暗闇ののち、グインはまたたくランプや計器の光にぼんやりと照らし出された空間に浮かんでいた。天井には巨大なスクリーンが（その言葉はなめらかにグインの意識下から引き出された）広がり、さまざまな表示と文字が点滅していた。床の真ん中には光の柱が立ちあがり、いくつもの球を円弧状の軌道に表示した図が、ゆっくりと回転

していた。壁にも、床にも、小さなスクリーンを備えた座席がそなえられ、おおぜいの乗組員たちが忙しく両手を動かしていた。

グインは真正面にそなえられた巨大な座席を見つめた。そこには彼が、彼自身が、額に光る石を嵌《は》めた冠をいただき、まっすぐに頭を上げて腰をおろしていた。黄玉《トパーズ》色の瞳はらんらんと輝き、額の宝石と同じほどに王者の威厳と闘志を示している。その位置は一目で指導者の席であることを示しており、彼が一声発すれば、乗組員のすべてが従うことは明らかだった。

（ランドシア号）

閃くようにグインは思った。

（俺の船。俺の席。俺の部下たち）

切りつけるような悲しみと切なさが胸をおそった。失われ、二度とは戻らないものたちを悼む哀しみだった。空中に浮かんだまま、グインは顔を覆った。自分が実際にここにいるわけではないことは奇妙にもわかっていたが、それでも、見ているものに耐えられなかった。どうしようもない懐かしさと悲哀が心を突き抜けた。

天井のスクリーンに新たな表示が現れた。乗組員の動きが慌ただしくなった。興奮した雰囲気の中、スクリーンがまたたき、別の星船の編隊を映し出した。流線型の衝角を持った、同じく巨大な星船の群れが急速に接近してくる。

『最大戦速！』

船長席から立ちあがった『彼』が叫んだ。

『対陽子レーザーバリヤー強化！　第一艦隊は旗艦に続き突進隊形、第二艦隊、第三艦隊は左右に展開して敵艦隊を背後から包囲せよ！』

自分自身とまったく同じ声がそう叫ぶのをグインは聞いた。部屋の中央に立体投影されていた表示がまたたいて切り替わり、接近する敵艦隊と味方艦隊を表示した。

ズシンと全体がかすかに揺れ、どこかで警報が鳴り始めた。白い光が発射され、まっしぐらに敵艦隊に突き進んでいくのをスクリーンでグインは見た。同じく青みを帯びた光の滝が敵艦隊から降り注いだ。数隻離れた僚艦が白光の一斉斉射を浴び、爆発した。赤と黄色の光がスクリーンに閃き、『彼』の顔をも照らし出した。

『ひるむな、隊形を維持せよ！　迎撃ミサイル発射用意、主砲発射急げ！　あの者どもに目にもの見せてやるのだ！』

朗々と響きわたる『自分』の声を呆然としてグインは聞いた。『彼』は艦長席から立ちあがっていた。銀色の、喉元までぴったりと覆う着衣を身につけ、赤と金色の線がその着衣を飾っていた。重たげな長い白のマントが垂れ下がり、それをさっと払って、『彼』は雷鳴のように命令を下した。

『発射！』

部屋の中央で立体投影がまたたき、太い白い光が敵艦隊へと伸びた。艦隊の先頭にいた一隻が、膨れあがる光に包まれた。一瞬の静けさののち、とつぜん赤い光が吹き上がり、衝角が上を向いた。無音のままスクリーンの中で敵艦はめきめきとへし折れ、四方に光と破片を振りこぼして、こなごなになっていった……

ふわりと情景が流れた。あたりで繰り広げられている喧噪が遠くなり、小さくなり、浮遊した。周囲の明るさがくしゃくしゃと潰れて一点に集中し、プツンと途切れた。グインは胸をえぐる悲哀と懐旧の念に拳を胸に当て、漏れそうになる声を押し殺していた。

やがてまた周囲が徐々に明るくなってきた。痛いほどの静けさにグインは顔を上げた。青い空が広がっていた。広大な平板状の舞台の上に、『彼』がまたいた。

下方には平板が数多く重なった形の大都市が広がっていた。平板どうしは回廊でつながり、中空の走路が空中を走っていた。だが、人の生きているようすはなかった。都市は静まりかえっていた。人の息づいている様子はそこには見えなかった。

『彼』には銀色の着衣も、重たげな白いマントもなかった。

たくましい上半身はむき出しで、身につけているのは短い足通しただひとつだった。『彼』は膝をついて頭を垂れ、腕を後ろに回していた。その腕が、一対の機械で厳しくいましめられていることを、グインは何故か知っていた。

喉に固い塊がせり上がってきた。

舞台の上の『彼』はあきらめたように身じろぎもせず、声も立てなかった。両側には頭から長いローブをかぶって顔を隠した刑吏のような二人がいて、飾りのない杖を手に、じっと彫像のように身じろぎもしなかった。

『彼』の前には空にそびえる塔があった。その塔の前の広場に、彼は引き据えられているのだった。あらゆる地位の徴《しるし》も、権威の徴もむしり取られた姿で、裸で跪《ひざまず》かされている。塔はその前に傲然と、ほかのあらゆる建築物を圧してそびえ立っていた。

風が吹いていた。風は『彼』の豹頭の毛をもそよがせて過ぎた。頭を押しつけるような恐怖に、グインは後ずさりの形に足を動かした。やめてくれ、という言葉が泡のように唇に浮かびあがってきた。

やめてくれ。

また、あれを見せるのはやめてくれ。

ズン、とかすかな地響きがした。

見守るグインと『彼』との前で、ゆっくりと塔が左右に開きはじめた。内部は暗く、ちかちかと青や赤の光が動き回っている。中からは何か音楽のようなものが聞こえていた。開いた隙間は、そのまま空間に開いた巨大な裂け目のように見えた。

中から聞こえる音楽が少し高まった。『彼』はやはり動かない。その盛り上がった肩も、たくましい胸も、太ももも、両腕も、まるで石化したかのように動かない。

音楽に低いヒュンヒュンという音が混じりはじめた。赤や青の光が塔の中を離れ、火花のようにあたりに舞う。それらはあたかも翅《はね》を持つ小さな生き物でもあるかのようにあたりを飛び回った。

『グインよ』

声が響きわたった。荘重な、神の声とさえ思えるその美しい声は、女のものだった。ヒュンヒュンという音が少し高まり、飛び回る赤と青の光の乱舞が勢いを増した。

『グインよ。わが夫よ。われが選び、われが作り、われが愛せしグインよ』

グインは麻痺したように見入っていた。『彼』は頭を垂れたまま、じっと声に聞き入っている風にみえた。

『汝は罪を犯した。よって罰されねばならぬ。わらわを裏切り、わらわの愛を裏切り、〈調整者〉と汎銀河連合を裏切った罰を受けねばならぬ』

『女神よ』

『彼』は頭を上げて、しずかに言った。風の吹きわたる広い舞台上に、『彼』のおだやかな声が水のように広がっていった。

『俺は自らがしたことを否定する気はない。また、その責任を逃れるつもりも。だが――――』

『黙るがよい、罪人め』

女神の声はいらだったように高くなった。

『汝は自分が〈超越者〉であるとでも錯覚しているのか。恥を知るがよい、わらわに選ばれ、作られた身の分際で。わらわがなければ汝の地位も権勢も、何一つありはせぬのだ。頭を垂れ、恥じ入れ、罪人よ、汝はそれだけの大罪を犯したのだ』

『あなたに作られた身であることは承知している』

『彼』はあくまで静かだった。

『だが、それを言うならばこの――のすべてがそうではないか。あなたは自分のためにここを作り、自分のためだけに俺を作った。俺はこれまではあなたに従ってきた、だが、そうできないと感じるときが来たのだ。そのことについて、俺は責任は感じるが、罪だとは思わない。俺は、俺の心の命じるままに従ったまでだ』

『その心さえも、わらわが作って与えたものだとなぜわからぬ、愚か者！』

塔の中から聞こえる女神の声は高まり、ほとんど金切り声となった。

『よかろう、心を主張するならば、その心だけを手にして遠くへゆくがよい、罪人。記憶も、何もかもなくした上で、汝がいう心とやらにしたがって何が起こるか見てみるがよい。わらわはもはや汝の顔を見ぬ。この星においても、どのような場所においても、もはや汝はわらわの前に姿を現すことはない。汝は汝の言うその心の赴くままに、好きなように生きるがよい。死すらこのような罪の前には意味はなくなる。汝は罪にまみれた生を、自分が何であるかも知らず、わからず、盲目となって生き抜いていくしかないと知るがよい』

ヒュンヒュンいう音がさらに高く、高くなった。見ているグインは恐怖がねばつく網のように被さってきて、全身を固めるのを感じた。冷や汗が流れ、飛び回る赤や青の光が目の前でちらちらと躍った。

『彼』はふたたび頭を垂れた。その背中で両脇に立っていたローブの人物の杖ががっきと交差した。ヒュンヒュンいう音に、さらに蜂のうなるようなブーンという音が低く響いてきた。冷たい恐怖の潮がグインを浸した。

「やめろ」彼は叫んだ。「やめろ、やめろ、やめろー！」

眼前の光景は蠟燭のように吹き消され、ふいに、静けさがあたりを支配した。


深海から浮かびあがってくるように意識が目覚めた。

グインはぼんやりと目を開け、ハッとして剣をとりざま起き直った。そこは最初にディモスと会った部屋だった。執務机があり、椅子が乱れた様子で後ろに押しのけられている。頭を振りながら起き上がると、部屋の一隅の長椅子に、まだ気を失ったまま縛られているディモスが横たわっているのが見えた。

頭が重く、溶けた鉛をつめたように熱かった。なにか、ひどく長い一瞬に夢を見ていたような気がするが、それらは無意識の波間にバラバラになり、確かな印象をとらえることはできなかった。ただ、どうしようもないほどの哀切さと懐かしさ、そして、全身の凍りつくような恐怖と絶望の後味が口の中に酸っぱく残っていた。

用心しながら起き上がり、あたりを見回す。どうやってか、ヤヌスの塔のあの部屋から、またもとのこの屋敷へととばされたようだった。あのアルド・ナリスと称する人物がいかなる術を使ったものか、あやうく取りこまれるところだったのを、危ういとき、いつも彼のみに注ぎこまれるエネルギーを発してはねのけたらしい。どうやら、その反動でこちらにとばされたと考えたがよさそうだ。

フェリシアと名乗るあの女人はどこにもいなかった。人影を探して部屋を通りぬけてゆき、あの地下へ降りる階段のある聖堂も見つけたが、しっかりと鍵がかかっていた。鍵を壊すことも考えたが、いま戻っても、もうクリスタル・パレスには入れまいという気がした。彼らは自分を——グインを——捕らえるために、あの場所に呼びよせたのであり、それが失敗に終わった以上、二度つづけてはグインの接近を許すまいという気がした。

（アルド・ナリス——まさか）

ほんとうにあれがナリスのよみがえったものだとして、やはり竜王の手の加わったものとして、味方と考えることはとてもできそうにない。自分では魔王に忠誠を誓っているのではないといっていたが、実際のところはどうであるかわからないし、いずれにせよ、自分を手に入れようとするという点ではグラチウスや竜王と同じだ。新たに敵の勢力が増えたと考えるほかあるまい。

（だが――）

ふっと彼の黒い瞳を思いだしてグインは首を振った。黒い炎を噴きあげるようだったあの瞳を考えると、ふと、どうしようもなく彼に傾斜していく気持ちも覚えたのだった。闇の中でも光るような美貌が、なぜか、ヤンダル・ゾッグや、その他の妖魔の汚れた美しさとは違ったもののように思えた。それもまた、まやかしかもしれなかったが、グインは、生前のアルド・ナリスとの記憶を失くしている自分をさらに残念に感じた。もし会っていれば、きちんと判断し、比較して、あのものが正か邪か、考えることもできたであろうに。

そのとき、意識を失うまぎわに見た光景がよみがえってきて、ぎくりとグインは飛び上がった。アウロラ、ルカス、カリス、そして子供たち！　銀騎士の一隊に取り囲まれて、青ざめた顔で立ち向かおうとしていた彼らを、放っておくことはできない。今すぐ駆けつけなければ！

剣は手から離れて部屋の隅に落ちていた。拾い上げ、ディモスをどうするか考える。まだしばらく目が覚めそうな様子はなかった。かついで連れていくことも考えたが、銀騎士と戦うことを考えると、それはできない。ひとまずここに置き去りにしていくほかないだろう。

駆けるように廊下を抜け、庭へ出る。冷たい風が、かいていたとも思わなかった汗を冷やした。クインは門を抜け、人けのない街路を、いっさんに走り出していた。

3

「子供らにやつらを近づけるな！」

がつん、と剣を剣で受け止めながらルカスが叫んだ。

「奴らの狙いは子供らだ！　子供らを守るんだ！」

カリスとアウロラも剣を抜き、必死に打ち合っていたが、旗色は悪かった。銀騎士は三十体近くおり、無言で、ひしひしと包囲をせばめてくる。

竜頭兵に出会って恐怖に震えるタラミアとエムをかくれがへ連れ戻って、泣きじゃくる二人をようやく落ちつかせて寝入らせたそのすぐあとに、彼らはやってきたのだった。外で見張りに立っていた子供が金切り声をあげて飛びおりてきた。

「銀騎士だ！　銀騎士がこっちへ来るよ、いっぱいいるよ！　きっと俺たちを狙ってるんだ……」

子供らは悲鳴をあげて立ちあがった。いったん休んで目を閉じていたタラミアとエムも目を覚まして、恐怖にとらわれた。目の当たりにした竜頭兵のおそろしさに加えて、人間をさらっていくという銀騎士の襲来が幼い心を締めあげたのである。

アウロラたち三人はすぐに子供らを隠れ家の奥へ押し込み、むしろをかぶって隠れているようにいった。それがどれだけ役立つかは不明だったが。

そして三人で表に出て、迫ってくる銀騎士隊と相対したが、それは心が萎えるような眺めだった。銀騎士はひとりひとりが完全装備の鎧に身を包んでおり、その胸当てはほこりっぽい陽光にもまぶしく輝いていた。馬も同じ銀の馬鎧に身を包んでおり、一糸乱れぬ動きで、着々とこちらに近づいてくる。

あの山あいの村で相対した経験に従えば、無駄に倒せば蜥蜴犬に変じて襲いかかってくるのがわかっている。かといって、手出しをせずにゆかせて子供らを襲わせるわけにはいかない。

「グイン陛下は――」

カリスが思わず、といったようにもらし、ほかの二人に目顔で叱責された。グインは彼らを逃がすために竜頭兵の群れにただ一人で居残ったのであり、心配こそすれ、いま頼りにしていいものではなかった。

「彼らを守るのはわたしたちしかいない」

アウロラがきっぱりと言った。その手は胸の指輪をしっかりと握りしめている。指輪は凍るように冷たくなっていた。

「彼らを守らなければ。それでなければ、陛下に申しわけが立たない」

カリスとルカスもうなずき、すらりと剣を抜いた。

先頭の一騎が馬を駆け寄せてきて、まともにアウロラに斬りかかった。アウロラは渾身の力で受け止めて横へ流し、相手の胸に切りつけた。カーンという高い音がして刃がそれ、しびれるような痛みが腕を駆けのぼった。思わず顔をしかめて身を引いたアウロラに、間髪いれぬ突きが迫る。痛みをこらえて対しようとしたとき、横からさっと入ってきた剣筋がカーンと鳴って刃を跳ね飛ばした。

「大丈夫か、アウロラ！」

カリスが横から入り込んできていた。彼は抜きはらった剣で相手の胴を薙ぎ、力いっぱい蹴って馬から払い落とした。ガラガラと音を立てて相手は地面に転がった。ルカスが馬で駆けつけてきて、落ちた相手を蹄で踏みにじった。蹄のあとのくぼみを胸につけて、銀騎士は苛立ったようにもがいた。

二番手、そして三番手が、つぎつぎと続いた。アウロラはじきに敵に囲まれ、カリスも、ルカスも同様だった。数が違いすぎた。小村での戦いではグインの圧倒的な力に助けられたが、ただの人間の三人では一度に一体か二体を相手にするのが精いっぱいだ。

なんとか倒しても、漂う黒い煙がすぐに蜥蜴犬というもっと厄介な形になって飛びかかってくる。しかもこの相手には、刃が効かない。いくら切りつけても、ぐにゃりとその部分が歪んだようになるだけですぐに元に戻り、こちらに食らいついてくる。

すぐに三人は、できる限り倒さないように銀騎士の相手をし、かつ、蜥蜴犬と化したものを甲斐なく何度もなぎ払うという困難な状態に追い込まれた。まだ剣で後退させることのできる銀騎士のほうが相手取りやすいとはいえ、いつまでも打ち合いをするばかりでは一方的にこちらの体力が減らされるだけだ。かといって倒せば、刃の効かない、動きのすばやい蜥蜴犬が入れ替わって現れ、足もとから食いついてくる。

手の打ちようがなかった。ガラガラと音を立てる甲冑の塊を押し返し、ぐにゃぐにゃ手応えのない蜥蜴犬の身体を何度も切りつけて、近づけないようにするしかしようがない。その上やはり、数が違いすぎる。

「ああっ！」

背後で高い泣き声が起こったのに気づいて、カリスが身をよじった。銀騎士が数体、アウロラたちの横をすり抜けてかくれがの中へ入り込んでいる。中から火のついたように泣き叫ぶ声が聞こえてくる。入り口に掛けられた布が動いて、銀騎士の銀色の兜が頭を出した。小脇に、泣きじゃくる幼い子供を抱えている。

「おのれ、その子を離せ！」

ルカスが馬首をめぐらそうとしたが、周囲を取り囲む銀騎士に邪魔されて身動きがとれない。それはアウロラもカリスも同じことで、いま相手取っている銀騎士と蜥蜴犬に対処するのに精いっぱいで、とても追いかけるどころではない。

泣いて暴れる子供、気を失ってぐったりした子供、手に手に子供を抱えた銀騎士がつぎつぎとかくれがの中から現れる。必死に囲みを抜けてそばへ行こうとするアウロラたち三人を気に留める様子もなく、子供を馬に投げ上げ、拍車を入れる。

「だめえっ！」

アウロラが泣き声になって叫んだ。

その時、遠くから一本の剣がくるくるまわりながら飛来した。剣は子供を連れ去ろうとした銀騎士の頭に見事に当たり、馬から打ち落とした。銀騎士はガランガランと音を立てて地面に転がった。手の離れた子供は馬の下にぺたんと尻をついたまま、涙を流して呆然としている。

「だれだ!?」

「グイン陛下……？」

息を切らしたアウロラが顔から髪を払いのけた。

街路を猛然と駆けてくるのはグインではなかった。薄汚れた、旅の傭兵めいた身なりをしたいかつい男で、腹の底から轟くような声をあげている。そのままの勢いで銀騎士にぶつかり、地面に押し倒す。面頬の上から、がんがんと拳で殴りつける両腕に力こぶが盛り上がった。

「だ、だれだ、あんたは」

「どこからきたんだ……!?」

　カリスやルカスたちの誰何にも応えず、地面に突き刺さった剣を引き抜くと、おめきながらほかの銀騎士に立ち向かっていく。剣で殴りつけるようにすると、みるみるうちに数体の銀騎士が子供を離してふっとんだ。そうとうな膂力《りょりょく》だ。

『おやおやおやおや……別にあの銀騎士とやらが姫さんをかっさらったともかぎらんだろうに、純情なもんだねぇ』

　そこから少し離れたところで、とぐろを巻いた白い蛇のようなものが空中に寝そべり、あきれたように頭を振っていた。ユリウスである。

『あいつらをとっつかまえて姫さんの居場所を吐かせようって腹なんだろうけど……ま、がんばっておくれよ。おいらはこのきれいな身体を傷つけるようなことするの、ヤだからね』

　パリスは――さよう、それはパリスだった――風車のように剣をふるってやみくもに銀騎士に切りつけた。あまりの勢いに彼らは後ずさりしたが、子供を運ぼうとする邪魔になるものとは認めたようだった。彼らは剣を抜き、パリスに斬りかかった。抱えられた子供がギャーッと声をあげて泣いた。

　パリスはごつい拳で相手のかぶとを殴り飛ばし、剣で突いた。子供が腕から離れ、銀騎士は宙に吹っ飛んで馬から落ちた。ガチャガチャと甲冑が鳴り、馬から落ちた銀騎士がパリスの足に絡みついた。パリスはつんのめり、前に倒れた。

彼の頭上に銀騎士が剣をかざしたとき、横から剣の一閃がからっぽのかぶとの頭を切り飛ばした。アウロラが肩で息をしながら馬をよせてきていて、ぐらぐらしている銀騎士の首から下を蹴り、地面にひっくり返した。

「無事か？」

子供とパリス、どちらにともつかない調子で言って、パリスが起き上がり、子供が泣きじゃくりながらも息をしているのを確かめると、顔をほころばせた——だがすぐにその顔は、凍りつくような恐怖に満たされた。「あぶない、こっちへ来い！」

パリスは一瞬理解できないようだったが、その背後では、からっぽの鎧から漂い出てきた煙が形をとり、よだれのしたたる大口を開けるところだった。アウロラは転がるように馬から下りると、目をこすっている子供をさっとすくい上げた。ガチンとあごが鳴り、うなり声が響いた。パリスは愕然としたように目を見開き、とつぜん出現した蜥蜴犬にむかって剣を振ったが、それはぐにゃりと相手の肩から前足をゆがませただけで行き過ぎた。

「そいつに剣は効かない」

理解できず、何度も剣を振るっているパリスにアウロラはさけんだ。「後退するんだ、早く！」

　だがパリスは腹の底からうなり声をあげて敵の首をたたき落とそうとした。ぐにゃりと首が歪んで剣は空を切り、ぱっくりと開いた口がパリスの肩を襲った。パクッとあごが閉まる音がし、パリスは絶叫した。蜥蜴犬のずらりと並んだ牙が彼のむきだしの上腕を捕らえ、ふかぶかと噛みついていた。

　パリスは叫び、もがき、食らいついている蜥蜴犬のしわの寄った鼻面に手をかけようとして手をすべらせた。そいつらの鼻は毛ではなく、ぬるりとした見るもいやらしい緑色のうろこにおおわれていた。パリスは蜥蜴犬の上あごと下あごに手をかけ、首に腕を巻きつけて、開かせようとあがいた。

『あーあー、まったく、もう見ちゃいられないなァ』

　空中からあきれたような声がして、アウロラはぎょっとした。身長の一倍半ほどの高さに、太い、白い蛇か何かのようなものがとぐろを巻いていて、そこから、だらりと下がった何者かが空中で手をぶらぶらさせている。そいつが黒髪の、寒気のするほど美しい顔をした若い男の顔を持っていることに気づいて、アウロラは悲鳴をかみ殺した。

『こんなとこで死なれちゃ、お師匠にまたなにか言われるかもしれないからさ……ま、そういうこと』

　駆けつけてきたカリスとルカスがそろって目をむいて空中を見上げた。その蛇のような、人間の頭を持ったものはするすると降りてきて、蜥蜴犬の口が届かない程度のところにぶらりと垂れ下がってひらひらと手を動かした。

『そら、わん公、わん公、こっちへおいで。おいらのとこまで来られたら、気持ちのいいことしてやるよ……そのうろこだらけのお腹におたかい、、、、、、、、、、からがついてりゃね』

ひらひらと動くその手に目を奪われたように、蜥蜴犬はパリスから口を離した。その蜥蜴犬だけではなく、ほかの蜥蜴犬もいっせいに向きを変え、その人頭のもののところへ殺到した。

『おっとっと』

銀騎士の剣がぶんと振られたのを逃れるようにするすると蛇状の身体が巻き上がる。下には蜥蜴犬が集まって囂々《ごうごう》と吠えていた。

『んーん、相手してあげるにゃちょっと多すぎるなァ、それに臭そうなんだもの、お前たち、おいらのおあいてするんだったら、ちゃんと役に立つものもってなくちゃ』

「何者だ！」

カリスが大声で誰何した。白い蛇状のものはぬるりと空中で動いて『さーあ？』と無関心そうに答えた。

『あんたに答えてあげる必要ないね、騎士さん、おいらのごはんになってくれるなら別だけど、いまそれどころじゃなさそうだしぃ？　おいらとしちゃあちゃんとしたアレを持ってる相手に――』

そのあとに続いたいくつかの言葉はアウロラを真っ赤にさせ、カリスとルカスを動揺で赤面させた。「き、貴様、いきなり何を！」とルカスは叫んだ。

『いきなりも何もさァ……おいらは自分のしたいこと言っただけで、あーあ』

無関心そうにそれは朱い唇を開いてあくびをした。

『そういやもう長いことごぶさただなァ。このわん公ども、ほんとにアレを持ってるんだったら、ちょっとくらい触らせてやってもいいけど……やっぱやだ』

飛び上がった蜥蜴犬からひょいと手を引いて、人蛇はにやにや笑った。

『あんな、煙からできてたもんにまっとうなナニがあるわけないもんねェ。おいらとしちゃ、もうちょっとマシなしろもんじゃないと、おいらのすてきな身体を触らせてあげるわけにはいかないよ』

「アウロラ！　ルカス！」張りのある声が響いてきた。「カリス！」

三人の表情にさっと喜色が走った。

「グイン陛下！」

グインが、土埃の立つ街路をこちらに向かって疾走してくるところだった。銀騎士が新手の登場に反応し、ガチャガチャと動いて迎撃姿勢を取ろうとした。

「どけ！」

グインは吠え、腕のひと薙ぎで五、六体の銀騎士を吹き飛ばした。すっ飛んだかぶとがからんからんと音を立てて地面でまわり、じわりと黒い煙がにじむ。そいつが蜥蜴犬の形を取り始める以前に、

「スナフキンの剣よ！」

閃きを放ってグインの手に出現した大剣が、形を取りかけていた煙を吹き飛ばした。

銀騎士と蜥蜴犬は吸われるようにグインに向かっていったが、一体としてその身体に剣も、牙も届かせられるものはいなかった。

次から次と馬から突き落とされ、胴を割られ、頭を飛ばされて、蜥蜴犬に変化してもあっという間にその手応えのない身体に魔を断つ剣の刃をめり込まされ、消失した。まばたきいくつかのうちに、街路は空っぽの甲冑とわずかな塵がただよっているばかりとなり、それもすぐに風に吹き散らされていった。

「陛下！」

「陛下、ご無事で！」

アウロラとルカス、カリスはわっとグインの周囲に集まった。安堵のあまり、アウロラの目には涙が浮かんでいた。

「うむ、俺は無事だ、なんともない。それより、お前たちは大丈夫か。子供らは。遅くなってすまなかったな」

「そのようなこと……！　私どもの力不足にございますれば……」

声をつまらせるルカスに、カリスが鼻をすする。子供らはまだ泣いたりしゃくり上げたりしている者もいたが、アウロラに集められて、近くへ恐る恐る集まってきた。頭数を数えると、かけた者はいないようだ。タラミアはエムを抱きかかえて、真っ青な顔をしてがたがた震えながらもなんとか両足で立っている。

「お前も無事だったか、タラミア」少年の髪にくしゃりと指を乗せて、グインはやさしく言った。「よかった。俺がいないところで銀騎士などに連れてゆかれていたら、一生後悔せねばならぬところだった。ほんとうに、無事でよかったな」

「グイン……」タラミアの目にじわっと新しい涙が盛り上がり、ぼろぼろと彼は声を立てずに泣き始めた。

「——ところで、あまり見たくない顔のものがいるな」

だらんと空中からぶら下がっている人蛇のほうへ向かって、グインは顔をしかめた。

「このようなところで会うとは思わなかったぞ、ユリウス。何故ここにいる」

『あん、もう、相変わらずつれないんだからなァ、あんたは。グイン』

淫魔のユリウスは空中で身をくねらせていやらしい仕草をして見せ、するすると地面に降りると、ほっそりした美しい黒髪の若者の姿をとった。ほとんど裸で、腰に薄い布をだらしなく巻きつけただけのその姿は、淫欲と淫蕩をそのまま形にしたようだった。

「どうしておいらがあんたを恋しいあまりおっかけてきたとか、そういう色気のある見方をしてくれないんだろねェ。ね、せっかく会ったんだから、ここらでひとつ、あっつーい接吻でもしてくれないかい？　そしたらおいら、うーんと喜んじゃうんだけどな」

グインに向かってちゅっちゅっと唇を鳴らしてみせる。それだけでむんむんするほどの淫奔《いんぽん》さがわきたち、潔癖なアウロラなどは顔を紅潮させて目をそむけた。カリスとルカスも心底具合悪そうに視線をそらしている。

「お前を喜ばせなければならない義理などない」

グインは冷たく言い、腕から血を流しながらようやく起き直りかけていたパリスにふと目を向け、そして、驚愕に目を見張った。

「そこにいるのは……パリス、か？　お前、お前が、なぜこのようなところにいる」

「陛下、その者たちをご存じなのですか？」

驚いてルカスが訊いた。

「パリスとは……確か、シルヴィア様の身近に仕えていたという男ではありませんか？　シルヴィア様と――その……」

具合悪くいいさしてやめる。シルヴィアと関係したとされている男ではないかということはさすがに口に出せなかった。

パリスは首を振り、「シルヴィア、様」と低く口にした。

「シルヴィア様、を、探す。守る。シルヴィア様、お守りする」

「シルヴィア妃を探しているというのか」

　カリスが聞き返した。アウロラが、そういえば、と言った。

「ルヴィナさん——シルヴィアさんから聞いたことがあるわ。パリスって人の名前。まさか、あなたがそうなの？」

「シルヴィア様——」

　血の流れる腕を押さえながら、パリスはよろめいて立ちあがった。

「待て、パリス」

　グインはよろよろと歩み寄ってきたパリスを腕を取ってとめた。パリスはグインの手に触れられるとびくっとし、一瞬、突き刺すような目でグインを見たが、振り払おうとはしなかった。彼の傷だらけの顔と身体に目を走らせ、グインはユリウスのほうに鋭い目を向けた。

「パリスがここにいる理由はおくとして、なぜお前がいっしょにいるのだ、ユリウス。シルヴィアの失踪に、またグラチウスめがかかわっていると考えてよいらしいな」

「うーん、それがねェ、おいらにもよくわかんなくなってきてんだよねェ」

　にやにやしながら、ユリウスは首をかしげてぺろりと長い舌で唇をなめた。

「まあね、あのめんどり姫のことについて、グラチーのじいちゃんがなんもしてないなんてことはいわないよ。今さらごまかしたってしょうがないこったしね。おいらがくっついてることで、もうばれてるだろうし」

「〈闇の司祭〉がシルヴィア妃を連れ去ったというのか」

カリスが剣をかまえた。

「許さんぞ、この妖魔め。貴様もグラチウスの手先だというのか」

「だからァ、そのことについちゃ、おいらたちも困ってんだってば」

しきりにグインに流し目を使いながら、ユリウスはしなを作った。

「ま、たしかにさァ、あのじじいから言われてめんどり姫を連れて歩いてたのは違うとは言わないよ。けど、こんどは前とはちがってさ、じじいとの連絡がとれなくなっちゃってるんだよねェ。前のキタイん時はおいらもほぼずっとじじいのとこにいたけどさ、今回は別行動を取ってるうちに、じじいが行方不明になっちゃってるんだよね」

小指で耳をほじりながら、ユリウスは困惑したように首を振った。

「シルヴィアらしき人物の情報が最後に得られたのはダナエ侯領でのことだ。俺はグラチウスとダナエで言葉を交わしている。くだらんことを言うな、淫魔」

「さ、そう言われてもさァ――連絡が取れないことは、とれないんだっての」

ユリウスは肩をすくめ、しゅるりと長い舌をグインに向かってのばして見せたが、グインにひとにらみされると、渋々とまたひっこめた。

「なにがあったのかはおいらだって知らないよ。クリスタル・パレスから心話をくれたっきり、ぷっつりなにも言わなくなっちゃって、それでおいらたち、色々あって逃げ出すところだったんだけど、そこで、めんどり姫さんがここのクリスタルを行き来する銀騎士の集団？　みたいなのに連れてかれちまってさァ」

「銀騎士がシルヴィアをさらっただと？」

　グインが急に耳をそばだてた。

「おいらたち、連れてかれるとこを見たわけじゃないんだけどさァ。とにかく、そいつらがやってくるっていうクリスタルに連れてかれたんじゃないかってんでここへ来て、そんで、あんたたちがいるのを見つけたもんだから、ひょっとしたら、あんたのあとをつけてれば何かわかるんじゃないかと思って、あんたが入ってったうちの前で待ち伏せてたのさ。ところがこの王子様がさァ」

　うんざりしたような顔つきでパリスを親指でさし、

「銀騎士らしき者の姿が見えたとたんに大暴走して、あんたを追いかけるどころか、あんたを追い越しちゃって戦いに突っ込んだってわけ。とにかく姫さん以外のことが眼中になくってさあ。おいらだって、できればあんたとは実を言えば顔を合わすつもりはなかったんだけどさ、もうこうなっちまったらしょうがないじゃん」

「そ、そうだ。あ、あんたらだ、俺の見たの」

タラミアに支えられてしくしく泣いていたエムが、涙でいっぱいの目をようやく上げて、驚いたようにユリウスとパリスを指した。

「俺をパレスの近くまで案内させた兄ちゃん二人だ……」

「陛下？」動かないグインに、ルカスが気がかりそうに訊いた。

「そうだ――シルヴィア……！」

とつぜんグインはマントを翻して後ろを振りかえった。その先にはクリスタル・パレスが、数多くの塔の影の下に美しく輝いてそびえている。

「シルヴィアがいた……おそらく。どこだかはわからん、だが、確かにいた。あそこに――うおっ」

ぐいっと胸元をつかみあげられてグインは言葉をとぎらせた。パリスが瞳を燃やし、何かをこらえているようなせっぱ詰まった顔をしてグインの襟元を握りしめていた。

「どこ、だ」

絞り出すような声は低かった。

「シルヴィアさま、どこだ。どこにいる。シルヴィアさまはどこだ……！」

「くわしい場所はわからぬ。だが、おそらくここから遠くない場所にいるのだと思う」

喉にかかったパリスの手をつと外して、グインは襟元をなおした。パリスはそれまでのどこか呆然とした様子からは打って変わって、ぎらぎらと瞳を燃やし、野獣のように背を曲げてグインに向かって吠えかからんばかりになっている。

「パリス、あの地底の迷宮と大水からどうやって脱出したのかは問うまい。またシルヴィアとの件でいまさらお前をどうこうするつもりもない。彼女とのことでもっとも非難されるべきは、ほかならぬこの俺なのだからな」

「陛下、そのようなことは——」

「いや、ルカス、聞いてくれ、彼女にあのようなことをさせるまでに追いつめたのはこの俺の責任だ。すべては彼女を守り切れなかった、夫たるこの俺の責任なのだからな」

「陛下の責任などということなどあり得ません」

むきになってカリスも言葉を重ねた。グインは静かにかぶりをふった。

「いや、俺さえ彼女の前に現れなければ、少なくとも、もっと彼女のそばにいてやれば、と、そう思っていることはほんとうなのだ。俺さえいなければ、シルヴィアは〈闇の司祭〉に目をつけられることもなく、何事もなくケイロニアの皇女として暮らしていけていたはずだ」

アウロラは悲しげに視線を落としてこの言葉を聞いていた。はじめ町娘のルヴィナとしてシルヴィアと出会った彼女には、ケイロニア皇女として一生を不自由なまま終わるシルヴィアもまた、胸の痛む不幸な姿に見えたにちがいない。

「俺に代わってシルヴィアへ献身をささげてくれたことに礼を言う、パリス。不出来な夫の俺よりも少なくともお前のほうが、シルヴィアの心を慰めていたのかもしれん。俺はシルヴィアの子さえ、つい最近までどこにいるのか知らず、生まれたことさえ知らぬままでいるところだったのだ」

「シルヴィアさまの――お子……」

パリスの燃える瞳がゆるみ、一瞬物思うように遠くなった。

「陛下がこのような者に礼など馬鹿げています」

怒ったようにカリスが言い張った。グインは手を挙げてなだめるようにし、

「それはともかく、俺はクリスタル・パレスの中で会った人物にシルヴィアの姿を見せられた。シルヴィア、だったと思う。顔をきちんと見られたわけではないから一瞬の印象でしかないが、あれは確かに、シルヴィアだった」

そのとたん、グインを突き放すようにぱっと押し離して、放たれた矢のようにパリスが駆け出した。「あ、こら、ちょっと！」とユリウスが情けない声で呼ぶ。

「ああもう、姫さんの名前さえ聞いたら鉄砲玉なんだからなあ。ちょっと！　おい！　行ったからって、パレスに入れるかどうかわかんないんだぜ、この阿呆！　こら！　おーい！」

そのままユリウスはパッと姿を消し、猛然と走っていくパリスの頭上に白い塊となってパッと現れたが、すぐにまたたいて消え、怒ったように出現するのと消えるのとを繰

り返しながら、パリスを追いかけて行ってしまった。

4

「放っておいてもよろしいのでしょうか」

カリスが心配そうに言った。

「あの者たちは、黒魔道師の手先なのでしょう。追いかけた方がよろしゅうございませんか」

「いや、いまは、いいだろう。ユリウスの言葉を信じるとすればだが」グインは首を振った。

「それに、ただ突進したところで、シルヴィアのいるところにたどりつけるとも思えない——皆、怪我はないか。ひとまず、中へ入ってもよいか、タラミア。手当てをしなければならぬ」

子供らの数人が切り傷や打撲、擦り傷を負っていたし、アウロラは腕を剣にかすめられ、ルカスは肩を手ひどく打たれてぶらりと手が下がっていた。斬られるまでは行っていないが、一時的に関節がおかしくなっているらしい。

エムともうひとりの子供が井戸から水をくんできた。蓄えられていたぼろきれを裂いてできるだけ手当てをし、ルカスのはずれた肩をはめる。グインの力でぐっとはめられると、ルカスはうめき声を押し殺して拳を白くなるほど握りしめた。

「陛下にはお怪我はございませんか」

腕に巻かれた包帯を撫でながら心配そうにアウロラが問いかけた。

「俺なら心配ない。ただ、手当が終わったら誰かひとりついてきて、ディモスを押さえに戻らねばならぬ。カリス、お前は軽傷のようだな。お前とアウロラがここに残って、俺とルカスが戻るのを待っていてくれ。そう短期間に二度も銀騎士が襲ってくるとは思わんが、危険は冒したくない。俺が残ればいいのだが、ディモスのいる屋敷まで道案内がいるしな」

「ディモス殿にお会いになったのですか!?」ルカスが立ち上がりかけて、痛そうに肩を押さえて腰を落とした。

「会った。どうやら完全に魔道師の催眠に操られているようであったがな。お前たちが危ないのを感じて、ひとまず縛って置き去りにしてきたのだ。とにかく、サイロンへ連れて帰らねば、あとの始末はそれからだ」

何があったのかは戻ってきてから詳しく話すと約束して、グインはルカスを連れてふたたびディモスのいた屋敷に赴いた。しかし、むなしかった。ディモスを置いてきた部屋に足を踏みいれた時、グインが見たのは、からの長椅子と、床に投げ捨てられた紐だった。

「自分でほどいて逃げたのでしょうか」

紐をつまみ上げながらルカスが眉をひそめた。紐はそれなりの太さがあり、グインの金剛力で縛ったとしたらそう簡単にはずれそうなものではない。

「それとも、その操っていた魔道師とやらの手先がやってきて連れ出していったのでしょうか」

「わからん。少なくとも俺が見た最後の時には気を失っていた。念のため、ほかの部屋も探してみよう」

ほかの部屋もひとつずつ細かく探してみたが、やはりディモスはいなかった。もう一度、隠し通路のあった祈禱所の鍵をためしてみたが、やはりしっかりとかかっている。

「この屋敷だけ、気味が悪いくらいきれいですね、陛下」

「そうだな。俺もそう思った」

使用人の姿ひとつないにもかかわらずよく片付いている、とグインは思う。まるで目に見えない精霊が見えない手で室内を整えでもしていたようだ。

「とにかく、いないのでは仕方がない。戻ろう」

かくれがに戻ると、まだおびえて固まりあっている子供らの中心に、アウロラとカリスがぎゅうぎゅうとしがみつかれて、困った顔で座りこんでいた。戻ってきたグインたちを見ると、子供らに負けず劣らず二人もほっとしたようで、剣にかけていた手を下ろし、子供らに入りまじるようにしてグインに押し寄せてきた。アウロラの上気した顔は思いがけないほど娘らしく、グインをほほえませた。

「それで、何があったのですか？」

グインが水を一杯飲み干すのをまって、身を乗り出すようにしてカリスが尋ねた。彼としては、押し寄せてくる竜頭兵の真ん中に主君をのこして撤退したのだから、それ以来、気が気ではなかったにちがいない。それはほかの二人もそうだろう。アウロラもルカスも、肩を寄せるようにしてグインのそばに身をひたりと寄せている。

「俺は竜頭兵と戦っていた」とグインは言った。あぐらの周囲に子供らが集まってきて、目を丸くしながら豹頭の英雄を見上げていた。彼らにとっては恐怖の代名詞である竜頭兵と、これほど簡単に「戦う」と口にする人間がいることが信じられないでもいるように。

「するとそこに、魔道師がひとり現れた。そいつはカル・ハンと名乗って……」

グインは話し続けた。カル・ハンが竜頭兵を下がらせたこと。彼が自分を導き、ディモスのいる屋敷に連れていったこと。ディモスとのやりとり。そしてディモスを気絶させたあと、姿を現した美貌の女人によって、隠し通路を通ってクリスタル・パレス内部へ連れていかれたこと（三人は小さな驚きの声をあげた）。そしてヤヌスの塔の地下へと連れていかれ、そこでアルド・ナリスと名乗る人物に出会ったこと。

「アルド・ナリス？」

ルカスがけげんそうな声を立てた。

「しかし、陛下、ナリス公はすでに――」

「わかっている。ただ、とにかく聞いていてくれ」

ナリスを名乗る人物が親しげにグインに話しかけ、自分が竜王の手先であることを否定したこと。生前のアルド・ナリス本人と同一なのかどうかについてははぐらかすような返事しかもらえなかったこと。グインが警戒していると、イシュトヴァーンとリンダ女王の姿を見せてきたこと。そして、シルヴィアと思われる女性の姿も――

「――俺はその動揺の隙を突かれて呪縛の魔道に取り込まれた、のだと思う。とつぜん、暗黒が身体をとらえ、アルド・ナリスと名乗る者は、俺を手に入れたいのだと告げた。俺の握っている秘密、謎、創世の秘密を解くために、俺を手に入れたいのだと。俺は必死に叫び、抗った――」

「なんだ、竜王の手先でないといったって、結局していることはいっしょじゃないですか」カリスが腹立たしげに地面を殴りつけた。

「陛下に危害を加えるとあれば、それは私たちの敵です」ルカスもはっきりと言った。

青い目は怒りに燃えていた。グインはほほえんだ。

「——そして波にさらわれそうになったとき、お前たちが銀騎士の集団に囲まれている姿が一瞬見えて、そのとたん、体中にみなぎった力が呪縛を打ち破ったのだ。だから俺が無事にここにこうしているのは、お前たちのおかげであるとも言える」

「そんな、陛下」アウロラがあわてて手を振った。「私たちは何もしていません。助けられたのは私たちのほうです」

「まあそれはとにかく、そうして、俺はお前たちのところに駆けつけ、銀騎士を追い払うのに間に合ったのだ」

とグインは話を結んで、またひとくち水をすすった。

子供らは、いちばん年かさのタラミアですら、ぽかんと口をあいてこの英雄を見上げていた。竜頭兵を相手に回して一歩も引かないどころか、銀騎士も、蜥蜴犬も一瞬の間に一掃し、その前に、想像もつかないような危機をくぐり抜けてきていたとは、まったく、どういう人物なのだろう、この大きな男は！

「何者なのでしょう、そのアルド・ナリスを名乗る男は」ルカスが言った。

「わからん。竜王がなんらかの術で作ったものであることは間違いないという気がする。ただ、本人がそういったからというわけではないが、竜王の手下ではないという点については、信じてもよいのではないか、という気がしている」

「なぜです？　陛下を手に入れようとしたのでしょう」

「それは、そうなのだが――」

グインは腕を組んでうなった。

その感じを口に出すのはどうもむずかしかった。生前のアルド・ナリスはグインの記憶にはない、しかし、あの夜の色の瞳を思い返すと、どうも一気にすべてはヤンダル・ゾッグのまやかしと、否定しきれないものが胸の中に残る気がするのだ。

星のない夜空をそのまま切り取ってきたような瞳、優雅な挙措、耳に快いなめらかな声、それら快い特徴に騙されるようなグインではなかったが、今回は、それにもまして、奇妙な共鳴めいたもの、友誼《ゆうぎ》とまでは行かないが、耕された土からじわじわと水がにじんで流れるように、相手に向かって流れていくものがあるのを感じる。あやうく取りこまれ、囚われようとしたにもかかわらず、その感覚は変わらず残っていた。ただひたすらに邪悪で異質な、ヤンダル・ゾッグの今までの創造物には決して抱かなかった感覚だ。ほかの黒魔道師に対してはもちろん。

はたして俺はたぶらかされているのだろうか、とグインは自問自答した。あのこよなく美しい男の姿にまどわされ、してはならない勘違いをしているのだろうか。しかし心の中をさぐっても、出てくるのは、囚われかけたことに関する怒りや、イシュトヴァーンやリンダを捕らえている相手への警戒感はあっても、嫌悪や憎悪は不思議なほどなかった。

あるいはそれは、私は世界の秘密を知りたいのだと言った彼の奇妙に熱した口調からだったかもしれない。

(世界生成の秘密を知ること、――この宇宙の真実を確かめること。私の究極の目的はそれにつきる。昔も今も、私はそのためにのみ動いている)

そう言ったときの彼の瞳はまるで子供のように無垢で、しかも深く、のぞき込めばこちらが溺れてしまいそうなほどだった。夢見るような熱っぽい口調も、幼いほどに純粋だった。あれほど純に何かを追えるものが、竜王の魔道の産物でしかあり得ないということが、はたしてありうるだろうか。

グインにはわからなかった。わからない、ということがおどろくべきことだった。頭ではあれは敵であり、警戒すべき相手だということは理解できているのだが、感覚のほうで、彼は邪悪なものではないという感じがどうしてもする。これまで対してきた竜王の魔道の感覚から、はずれたものを感じる。

グインは自分は単純な人間だと思っている。人間をそのままの姿で受け止め、先入観を持って見ることをしない。そのことによって多くの人材を見いだし、あるいは、多くの敵から憎まれたものだが、そのグインの感覚が、あのアルド・ナリスは邪悪ではないと感じているのだ。理性はそれと反対を囁いているにもかかわらず。

「それに、その者は、シルヴィア様も捕らえているのでしょう。悪辣でないわけがないではありませんか」

カリスが言いつのる。確かにそれはグインもうなずかざるを得ない。シルヴィアの後ろ姿を見たとたん、精神がぐらつき、その隙を突かれたのだ。

グインを手に入れるためにシルヴィアを捕らえて、姿を見せたのだとしたら間違いなくそれはグラチウスや、竜王その人と同じ思考回路である。ただ、グインを捕らえようとするその目的に、違いがある、のではないだろうか。

グラチウスやヤンダル・ゾッグは、自らの目的のために、グインに眠るという強大なパワーであれ、深甚なる秘密であれ、手に入れようとする。

それらは邪悪な、この世を腐らせ、乱れさせるもとになる目的である。だがあの、アルド・ナリスを名乗る男は、世間のことなど少しも気にかけていないという気がする。彼が欲しがっているのは文字通り、世界生成の秘密、その真実だけで、それについては手段をえらばないというだけだ、という気が。

やっていることは同じだ、といっても、その根本にあるものは驚くほど幼い、純粋な願いなのだ、と思えた。短い会合だったが、そこまで思い込む自分の心、あるいは直感を、理性ではグインは信じかねていた。だがこれまではずれたことのない直感は、アルド・ナリスは必ずしも邪悪ではない、といっている。

やはり生前のアルド・ナリスを知らないことは痛いな、と思った。生前のナリスがどのような人物であったかを知っていれば、もっとはっきりとあの奇妙な人物のことを見定めることができたのかもしれない。いま頼れるのは理性と相反することを主張する直感だけだ。

「そうだ、シルヴィアだ」

どこまでも堂々巡りしそうな思考から無理に抜け出して、グインは言った。

「俺が見たのはほんの一瞬だったし、背中からだけで顔は見ていない。だが、確かにシルヴィアだと思った。場所はどこだかよくわからなかった――おそらくは、クリスタル・パレス内のどこか、なのだと思う。贅沢な室内ではあった。少なくとも、虐待やなにかを受けている様子はなかった。丁重に扱われているようだった」

「いかに丁重に扱われているにしても、とらわれの身であることに違いはありはしません」

「クリスタル・パレスの中。確かですか」

アウロラが身を乗り出してきた。

「確かか、と言われると、どうにも言えんな。俺とてパレスをすみずみまで知っているわけではない。ただ、イシュトヴァーンとリンダがどちらもパレスの中だと思われたから、シルヴィアもそうなのではないかと思うだけだ。もしかしたら別の場所に囚われているという可能性もありうる」

「やはりその、アルド・ナリスを名乗る人物に問いただすしかありませんね」ルカスが思案するように言った。

「そうだな、だが、どうやって会う？　俺は案内人がいた、というより、あちらから招かれたおかげで会えたが、おそらく、もうパレスはまた封じられているだろう。外から入ろうとして入れるとは思えん。カル・ハンなる魔道師がいたから、おそらくあの男が、魔道でもってパレスを封じているだろう。ユリウスとパリスも、突撃したところで城壁が開くわけもあるまいに」

二人のことを思いだしてグインは苦笑いした。あの二人も、グラチウスとは連絡が取れないと言っているが、どういうことなのか。グラチウスは、売国妃の件については自分のやったことではないとしきりに主張していたが。

「それでも試してみる価値はあるかもしれません。城内へ入るときに使った隠し通路は確かめてごらんになったのですね」

「ああ。鍵がかかっていた。外すことができても、中へ通じる道には入れるかどうかは疑わしいな」

「なんて腹の立つ！」

アウロラが叫んで拳と手をたたき合わせ、いらいらと歩き回った。

「ルヴィナさん――シルヴィアさんのいるところがすぐ近くだとわかっているのに、たどりつけないなんて。アルド・ナリスとか名乗っている男は百回も滅ぶべきだ」

「シルヴィアも、ディモスも見つけたというのに、手を出せずに終わるとはな」

グインの声は沈んでいた。

「やはりなんとかしてパレスの内部に入る方法を考えるべきではないでしょうか。リンダ女王も、そこに監禁されていらっしゃるのでしょう」

「それはわかるが、今、俺たちにはそれだけの力がない。魔道師でもないし、軍隊もつれていない。力ずくで開城させることはできないし、俺が内部に入れたのも相手の招きがあってこそだった」

「なんとかして相手から招かせることはできませんか――その――」

「俺の身を餌にすればできるかもしれんな」

あっさりと言われて三人はびっくり仰天した。

「とんでもないことをおっしゃらないでください！」

「誰が陛下を餌にするなんて計画に賛成しますか」

「陛下はもっと、御自分の身が大切であることをお知りになるべきです！」

「わかった、わかった」

三方から一斉に攻め立てられて、グインは首をすくめた。

「だが、それくらいしか機会を作るすべはなかろうことは本当だぞ。俺はアルド・ナリスと名乗る男と話して、そう思う。そして彼も、一度試してしくじったすぐに、二回目を試そうとは思わないだろう。手詰まり、というところだな」

「うーむ……」

カリスが頭を抱えてがりがりと掻きむしった。

「せっかくここまで、ここまで来たというのに、ここまで……」

アウロラもくやしげに唇をかんでいるが、継ぐべき言葉もない。

ルカスは何か考えているような顔をして、下唇をかんでいた。

「なにか言いたいことがあるようだな、ルカス」

「あ、いえ、陛下。その——」

ルカスは緊張したように唇をなめた。

「その——一度、退いてみるのも手ではないかと思ったまでです」

「なんだと？」

「なんだって!?」

カリスとアウロラが同時に言った。カリスは手を伸ばしてルカスの襟元をつかんだ。

「一度退くだと？　せっかくシルヴィア様のすぐ近くまで来ているというのに、おめおめ引き下がるというのか！」

「だが、打つ手がないのは本当だろう」

　襟元をつかみあげられながらも、ルカスは冷静に反論した。

「シルヴィア様を誰が捕らえているかは少なくともわかった。われわれ三人だけでは手が出せないなら、適正な助けを連れて戻ってくるべきだ。このままずっとここにいても、何かがよくなるわけじゃない。むしろ、竜頭兵や、銀騎士の危険にさらされるだけで、われわれ自身危険なばかりか、陛下まで危険にさらしている。いったん退いて、体勢を立て直した方がいい。でなければこいつまでもここで唸っているしかない」

「シルヴィアさんを見捨てるっていうのか！　彼女は、彼女はすぐ近くに閉じこめられているっていうのに――」

「いや、待て。アウロラ。カリス」

　グインのおだやかな声が割って入った。

「俺は、ルカスのいうこともっともだと思う」

「陛下！」

「陛下！　まさか、シルヴィア様を見捨てるとおっしゃるのですか!?」

「誰もそんなことは言っていない。しかし、現実問題として、クリスタル・パレスへ侵入する手立てもないままここにずっと居続けてもいたずらに危険が増すだけだ、というのは本当だ」

　グインはカリスの手をルカスから離させ、引き分けてそれぞれに座らせた。カリスは今にも爆発しそうにかっかしているし、アウロラは海蒼玉《アクアマリン》の瞳を激情に燃えあがらせている。

「俺が見たところ、シルヴィアは虐待されてはいなかった。丁重にもてなされているといってよい様子だった。グラチウスによって拉致されていた時とは違う。誰が捕らえているかが明らかになり、どこにいるかがいちおう明らかになったのだから、一定の成果はあがったと考えるべきだろう。そしてどう頭をひねってもここでは手をこまねいているしかないのであれば、助けを求めて退くのが賢い考えというものだ」

「それはそうかもしれませんが、せっかくすぐ近くにいることがわかっているというのに――」

「すぐ近く、とは限らない。俺が見たのは一瞬だった。クリスタル・パレスの中にいる、というのも、推測に過ぎない。もしかしたら別の場所にいて、俺はその映像だけを見せられたのかもしれない」

「しかし――」

「アルド・ナリスと名乗る男は俺にシルヴィアの姿を見せた。俺の動揺を誘う策略だったのだろうが、同時に、自分の手もとにシルヴィアがいる、ということの誇示でもあった。シルヴィアを傷つければ俺がどう出るか、ということもわかっているだろう。シルヴィアが虐待されることはおそらくない。恐れなければならないのは、相手がシルヴィアを擁して何をしようとしているかだが」

「ですから一刻も早く、シルヴィア様を取り返さなくてはならないのではありませんか」

「だがそれ以前に、お前たちがここで命を落としてしまっては元も子もあるまい。われわれはすでに竜頭兵と銀騎士との二度の戦いを経ている。ずっとここにいても、疲弊していくばかりだろう。そしてパレスへ入る手立ては見つからない」

「ルヴィナさんのためなら命をかけます」アウロラが激した口調で言った。

「彼女を助けるためなら、危険のひとつやふたつ——あ」

ごくやさしく、グインに唇に指をあてられて、アウロラは言葉をとぎらせた。

「そう言ってくれることは嬉しい、アウロラ。だが、むごいことを言うようだが、いま、ケイロニアにとってはシルヴィアの行方は、大きな問題ではなくなっている」

これを口にするとき、グインの口調には苦渋がにじんだが、それは、事実を口にすることをとどめるものではなかった。アウロラは音を立てて息を吸い込んだ。

「皇帝位にはオクタヴィア陛下がつき、売国妃事件によってシルヴィアの人望はまったく失われてしまっている。シルヴィアを擁してなんらかの政治的事件を起こそうとしても、もはやケイロニアに大きな影響を与えることはできまい。シルヴィアの件は、言ってみれば、俺個人の問題のようなものでしかないのだ——俺を動揺させ、ひきつけようという輩の、策略といったものに」

アウロラとカリスは黙ってしまった。握りしめたアウロラの手が白くなって震えている。何か言い返す言葉を必死に考えているが、見つからないようだった。

「シルヴィアの無事は確認した。おそらく、虐待されることもないだろう。これ以上、俺の問題のためにお前たちをいらぬ危険にさらしたくない。救出するのならば、態勢を整え、戻ってくればよい。いまはいったん退いて、この危険に満ちた場所から逃れることの方が先決ではないかと、俺は思うのだ」

「でも——」かぼそくアウロラは言った。「でも、私は——シルヴィアさん——ルヴィナさんを」

「そう思ってくれることに感謝する。だが、これ以上無為にここに留まりつづけることは危険なばかりでなく、愚策だと俺は思う。シルヴィアを救い出すためには、少なくともパレスを覆う魔道に対抗する手立てを用意しなければならない。そもそも正確な居場所が特定できているわけでもないしな。ならばあらためてあのアルド・ナリスを名乗る男にまみえるときに問いただすべきだ。なるべく早くその時が来ればよいとは思うが、今は、われわれだけの力ではどのようにもしようがない」

アウロラとカリスは沈黙した。ルカスは自分の言葉が受け入れられたのが信じられない様子で目をしばたたきながらも、身を縮めてグインと仲間たちを交互に見比べている。まさかグインが賛成するとは思っていなかったようだ。後悔しているような目つきでグインを見つめ、両手をもみ合わせているが、口を開こうとはしなかった。

「わかってくれるか」グインは言った。

「俺がシルヴィアが心配でないとは思わないでくれ。俺も今すぐに走っていって、城門を拳でたたき割りたいくらいなのだ——だが、そんなことを考えても意味はない。お前たちを無用の危険から逃れさせるのが先だ」

三人ともうなだれて返事をしなかった。グインは頭を上げ、遠くすかすように屋根越しの空を見上げた。

「アルド・ナリス」ひそかに呟く。

「正体のわからぬ男だ——だが、シルヴィアを捕らえたことは必ず後悔させてやる。俺を手に入れたいと思うのならば、正々堂々来ることだな。容赦はせんぞ」

第二話　ヴァラキア会談

1

　ヴァラキアの空はすみれ色と澄んだ青の移り変わりだった。東の空の朝焼けが昼間の空へと溶け入っていく。街はすでに目覚めていた。早朝から漁に出ていた漁船はもう港へ戻ってきていて、かしましい騒ぎとともに獲物を港におろしている。一晩じゅう酒と女に浸っていた遊蕩児たちがよろよろと家路をたどるあいだを、朝一番の収穫をさっそく頭のかごへ載せて売り歩く女たちの呼び声も聞こえる。つやつやと肌を光らせた船乗りたちが押し合いながら港への坂道を降りていき、鳴り渡る銅鑼《どら》にしたがって船にあがって出帆準備をする。船に積み込まれる荷物を積んだ荷車がごろごろと行き交い、酔いどれてふらふら歩いている娼婦に罵声を浴びせる。

　うっすらと残っていた朝霧が薄衣《うすぎぬ》のようにちぎれちぎれに消えていくと、太陽が金色の光線をすべてのものの上に投げかける。海は爆発したように黄金色に輝き、そこに浮かんだ大小の船やマストの影をくろぐろと浮かびあがらせる。ホーイ、ホーイ、と呼び交わす船どうしの合図が鳥の声のように響き、ずらりと並んだオールがぶつかり、きしんで、波をかきまぜ、船腹に当たるさざ波がちゃぷちゃぷと音を立てる。開いた船倉に船荷の梱《こり》がつぎつぎと運び込まれていくと、人足たちの汗に光る背中に打ち下ろされる鞭のぴしゃりという音が、高くなる船材のきしみに混じって弾けるように聞こえてくる。

　ヴァレリウスは腫れぼったい目で窓際に立ち、明るい太陽の光がちくちくと目を刺すのに顔をしかめていた。うしろの卓の上では手をつけられないままのカラム水が冷めている。魔道師の黒衣をまとい、胸にさげた祈り紐を神経質に指でいじくっていた。

「おはようございます、ヴァレリウス様」

　後ろから声をかけられて、振りかえった。ヨナが、パロ風のトーガにサッシュを巻いた姿で、すべるように入ってくるところだった。

「お休みにならなかったのですか？　まだご無理は禁物でしょうに」

「ああ」

　吐息のようにヴァレリウスは応えた。

「明日が……会議だと思うと、どうも寝つけませんでね」

「沿海州会議ですか」

　ヨナも並んで窓のそばに立った。

沖にはすでに、沿海州六カ国の、それぞれの旗艦が碇をおろしている。アグラーヤのボルゴ・ヴァレン王をのせてきた〈サリア〉号をはじめ、レンティアの旗艦〈白いニンフ〉号、トラキアの〈シレノス〉、イフリキアの快速船〈ラトナシア〉、そしてライゴールのアンダヌス議長の御座船〈竜神丸〉など、どれもそうそうたる顔ぶれである。

沿海州は、東から順にレンティア、ライゴール、トラキア自治領、アグラーヤ、イフリキア、ヴァラキア――そして、古い町マガダ、アムラシュを中心に、『海の民』と呼ばれる一種の自由開拓民が、どの国にも属さない、海人村として存在している。

沿海州は海によって生きる地方である。漁業はむろん、ライゴール、ヴァーレンを中心にして、そのもっとも大きな働きは貿易にある。北のロス港を仲介にしてケス河をさかのぼる東回り航路、アルゴ河の河口アルカンドを経由するアルゴ航路、ノルン海を渡ってアンテーヌやギーラ港を目指すケイロニア航路など、沿海州は世界の貿易の大動脈として、さまざまな利権をたがいにわけあっている。

六カ国が今の形にまとまるまではむろん、利権を巡って多くの争いや、紛争があった。だが、この限られた土地でたがいに争っていては生きていけぬと知った沿海州六カ国は、連合としてあらためて結束した。

タルーアンのヴァイキング以外に比肩するものがないといわれる沿海州海軍は、この沿海州会議によってのみうごく。貿易でうるおう沿海州にとって、中原の動静はそのまま貿易の動静にもつながる。パロ、クリスタルが壊滅したとされ、その蹂躙者として新興のゴーラ王の名があげられたとなると、物品の一大消費地であるパロと、そして東回り航路で大きな関係を持つモンゴールを含むゴーラとのあいだで、沿海州はどのような立場を取るべきかが問われることになる。

「いまだに信じられません。クリスタルが壊滅して、しかもそこに……そこに、イシュトヴァーンがたてこもっているなんて」

ヨナは声をふるわせた。

「目を閉じれば今でも、クリスタルのなつかしい街路がよみがえってきますのに……竜王の魔道が、それほどの残虐な結果を生み出したということが、あっていいものなのでしょうか」

「私だって、嘘ならどれだけいいかと思いますよ」ぶっきらぼうにヴァレリウスは応じた。

「けれど、私は自分で見てしまっていますからね……クリスタルの人々が竜頭兵に襲われ、つぎつぎと食い殺されていくありさまを。ただでさえ疲弊していたパロを、あのような災禍がおそっては、再建は人間の手には余るのではないかというのが私の正直な気持ちですよ。だからこそ、会議の行方が気になるのですがね」

「もし沿海州が軍を出してクリスタルへ進軍するならば、それはほぼクリスタルを沿海州に明け渡すのと同じことになる」

朝の風に髪をなぶらせながら、ヨナは言って、ぶるっと身を震わせた。

「陸兵の少ない沿海州が中原のパロへ派兵するのはむずかしいだろう、という見方もありますが、アルゴ航路で南からまわりこむ道もあり、またこの方法なら、途中でアルゴスを通過する以上、アルゴスに呼びかけて騎馬兵を借りることもできるかもしれない……アグラーヤのボルゴ・ヴァレン王は、ひろく呼びかけて傭兵軍団を構成することも考えているともっぱらのうわさです」

「私は、パロを他国に売り渡す算段をされているのを、黙って見ているしかない立場なのです」

ぼそぼそとヴァレリウスは言った。

「形として、私は今はヴァラキアに世話になっている身。ロータス・トレヴァーン卿は高潔なお方だが、ボルゴ・ヴァレン王とアルミナ元王妃の要求を無下にさせるわけにもいかぬ。私はどういう結論が出ようと、黙って見送ることしかできぬ。我が身の無力が腹立たしいですよ」

「どうぞ一人でかかえ込まれることはおやめください、ヴァレリウス様」

ヨナはそっとヴァレリウスの手を取った。その手は骨ばり、湿って、冷たかった。

「さしてお力にはなれませんが、私もおります。私はヴァラキアの生まれですが、今ではパロこそわが故郷と思っております。アルミナ姫もまた、一度はパロに嫁がれて、パロを故国となさったおかた。パロに対して悪くはなさるまいと、信じるほかはありません」

「そう、信じられればよろしいのですが……」

ヴァレリウスは陰鬱な顔をうつむけた。遠く銅鑼が鳴り、新しい船の入港が知らされているところだった。

おなじ銅鑼の音はヴァラキア公邸でも聞こえていた。

ヴァラキア公ロータス・トレヴァーンは組んだ両手にあごを乗せて報告を聞いていた。机の前には三名の密偵らしき装束の男が膝をつき、頭を垂れている。

「——わかった。もうよい。さがるがよい」

男たちはそれぞれ一礼してひきとっていった。吐息をついて執務机に向き直ったところを、小姓が扉をたたいて、来客を告げた。

「公。アグラーヤのボルゴ・ヴァレン陛下がお見えです」

「そうか。こちらへ通してくれ。それと、何か飲み物をな」

「はい」

ややあって、ボルゴ・ヴァレンが急ぎ足に入ってきた。後ろにはアグラーヤ水軍提督トール・ダリウが付き従っている。

「邪魔をしたかな、ロータス公」

「いや」

ロータス・トレヴァーンはいささか疲れた顔で客を迎えた。カメロンの葬儀のあいだになにものかに暗殺された弟オリー・トレヴァーンの件を調べさせているのだが、どうもはかばかしくないのである。それに加えて、明日にせまった沿海州会議の準備もあり、この数日はほとんど寝る時間もないほどであった。

「手がかりは見つからぬままかな」

「どうも、不調だ」

ロータス・トレヴァーンは苛立った様子で机に広げた調書を示した。

「下町の宿屋や女郎屋、酒場などをくまなく調べさせてみたが、それらしい人物は見つからなかった。特にゴーラ－モンゴールの人間の多い一角を徹底的に探させてみたが、なんの成果もない」

「しかし弟君が暗殺されて、その現場にゴーラの紋章が残されていたとあっては、そのままにしておくわけにもいくまい」

「そのとおりだ。しかし少し考えれば、多少頭の回る暗殺者なら現場に国の紋章のついた武器など残しておかぬものとわかっている。それをあえて残したと言うことは、わがヴァラキアと、ゴーラとのあいだに軋轢《あつれき》を引き起こしたい人物が、ヴァラキアに存在するということと」

「まさに」

「恐れながら、カメロン卿のこともございましょう」

うしろから、トール・ダリウがそっと言った。

「カメロン卿を殺したのはゴーラのイシュトヴァーン王とか。……カメロン卿の配下のドライドン騎士たちがそう証言しているとか」

「ああ、トール・ダリウ。……そなたはカメロンとは親交があったのだったな」

「親友であった、と申してようございましょう」

老提督の目に、うっすらと光るものがあった。

「昔はわが娘をあの男の嫁にやろうとしたこともあったほどです。ゴーラ王イシュトヴァーン——カメロンから多大な恩義を受けておきながら、それを仇で返すとは、心底からんべんならん輩」

「ここにもイシュトヴァーン王に遺恨を抱くものがいるのだ、ロータス公」

ボルゴ王は肩を震わせるトール・ダリウを見返ってつぶやいた。

「ドライドン騎士団のものたちはイシュトヴァーン王を討ちたくてうずうずしていることだろうな」

「むろんだ。この私とて、目の前にやつが現れればこの手で剣をとって成敗するにいなやはない。だが――」

「個人に対する恨みと、国家のことは別のこと、ということですな」

「うむ。弟オリーの件で、ヴァラキアとゴーラをかみ合わせようとする動きがあるなら、わざわざそれに乗ってやるのは気が進まぬ。かといって、オリー殺害の件をこのままにはしておけぬ」

「では、クリスタルへの派兵は」

「わからぬ。正直、迷っているのだ、ボルゴ・ヴァレン殿。ヴァラキアにはげんざいパロ宰相のヴァレリウス殿もあって、その身を引き受けている。ヴァレリウス殿は何もおっしゃらぬが、クリスタルがほぼ壊滅した状態のところへ異国の軍隊を入れれば、それは、国を譲り渡すに等しいこととおわかりになっていらっしゃるのだろう。私は、他人の弱みにつけ込んで、国を切り取るような真似はしたくない」

「その気持ちはよくわかる。――しかし、イシュトヴァーン王に正義の鉄槌を下すことを考えれば、クリスタル派兵もありうるのではないかな」

「クリスタル派兵」無表情にロータス・トレヴァーンは繰り返した。

「やはりボルゴ・ヴァレン殿は、それを主張されるおつもりか」

「わが娘のたってての望みでもある。――きいてくれ、ロータス公。あなたの武人としての矜持には敬意を払う。しかし、イシュトヴァーン王は、国王たるの信義を踏み越えて、クリスタルに盤踞《ばんきょ》し、女王を人質に取っているそうではないか。われわれとしては、盗賊も同然にクリスタルに居座っているイシュトヴァーンを追い出そうというだけのことだ。竜王を名乗るヤンダル・ゾッグなるものが背後に控えているとしても、そのようなものの傀儡と化したイシュトヴァーンならば恐るるに足らぬというもの」

「…………」

「沿海州に陸兵が少ないことはわかっている。私はすでに傭兵の募集をはじめた。半月後には、一万の傭兵軍団が私のもとにそろうはずだ。またもし、アルゴ航路をとってパロへと向かうのであれば、途中にはアルゴスがある。パロの盟邦だ。アルゴスに呼びかけ、名高い騎馬軍団を借り入れることができれば、兵力の不足は十分おぎなうことができよう」

「カウロスはどうする。あそこはもともとモンゴールの友邦だぞ」

「モンゴールとゴーラは一枚岩ではない。今でも、モンゴールの回復を求める運動は多く、カウロスもいまだゴーラを国とは認めていない。あるいはカウロスをも説いて、兵を出させることも可能かもしれぬ」

「貴殿の言うことはまさに、パロを他国によってたかって食いちぎらせる算段のように聞こえる」

「そのようなことは言ってはおらん。ただ、物品の一大消費地であり生産地でもあったクリスタルが、このまま放置されるのは商業上からしてもしのびないと考えているまでだ。イシュトヴァーン王を追い払い、市内の安全を取り戻せば脱出した市民も戻ってこよう。われわれはその手伝いをするに過ぎん」

ロータス・トレヴァーンは黙って首を振った。

「ボルゴ・ヴァレン殿、私にはどうにも納得できぬ。それは私とて、長年の股肱でもあり、親友でもあったカメロンを殺されたうらみは深い。しかし、だからといってはるばるクリスタルまで、苦手な陸戦隊を編制してまで攻めのぼるほどの動機にはなるまいと思う。沿海州は基本的に他国の争いにかかわらぬ。パロの双子がおり、民衆がいたさきの黒竜戦役のときとはわけがちがうのだ。空っぽのクリスタルに攻め入れば、それはパロの弱体化に乗じた征服行為と、他国の目には映ろう。しかもイシュトヴァーン王は、追い出されたところでだまってはいまい。ゴーラに帰国すればすぐに軍を仕立てて、沿海州へ攻め寄せてくるかもしれぬ。残虐さと勇猛さに関しては名高い男だ、沿海州全域をひづめにかけて顧みぬかもしれぬ。このように——」

机の上の調書をさして、

「ヴァラキアとゴーラをかみ合わせようというたくらみがなされているかもしれぬ場合には、特にそうだ。私は今回のクリスタル出兵には賛成できぬ。ドライドン騎士団のものが、参戦することを希望するのは許そう。しかし、そこまでだ。ヴァラキア海軍を送り出すわけには、今回はゆかぬ」

「やはり、そうなったか」

ボルゴ・ヴァレンは重いため息をついた。

「貴殿の性格からしてそのようになるのではと思っていた。決断を尊重しよう。どのみち、海兵はクリスタルに攻めのぼるにはあまり役立たぬことでもある」

「逆にききたい、貴殿はなぜそのようにクリスタル奪回を急ぐのか、ボルゴ・ヴァレン殿」

ロータス・トレヴァーンはボルゴ・ヴァレンを振りあおいだ。

「娘御の願いに動かされたばかりとも思えぬ。クリスタルの何がそれほど、貴殿を引きつけるのだ、ボルゴ・ヴァレン殿」

しかしその時にはボルゴ・ヴァレンは慇懃《いんぎん》に一礼し、きびすをかえして部屋を出ていくところだった。老トール・ダリウが何か言いたげにしばしとどまっていたが、やがて深々と一礼し、主のあとを追っていった。

「ダリウ」

あとを追ってきた老提督に、ボルゴ・ヴァレンはひくく話しかけた。

「やはりロータス・トレヴァーンは、話にはのらなかったな」

「ロータス公は武人でいらっしゃいますから」

トール・ダリウはむっつりと言った。

「なんだ、俺は武人ではないとでも言いたげな言い草だな。まあ、お前から見れば俺など子供のようなものだろうが」

「そうではございません――そうではございませんが、ゴーラと事をかまえるようなことになるかもしれぬという事実は動かせませぬ。クリスタルに攻めのぼって、首尾良くイシュトヴァーン王を討ち取ることができればようございますが、それができず、イシュトヴァーン王が帰国することを許したあかつきには、われらは実に厄介な敵をかかえこむことになるということです」

「それは、わかっている。イシュトヴァーン王は悪魔のようなやつだと聞いているからな」

「陛下」トール・ダリウは説得する口調になった。

「今回のクリスタル派兵はどうぞ思いとどまってくださいまし。アルミナ様のお怒り、お悲しみはこのトール・ダリウ、娘を持つ身としてもいたいほどわかりまするが、それに動かされてゴーラを敵に回すのは危険にすぎます。ヴァレリウス殿も、もし今の荒廃したクリスタルに他国の軍勢を入れればどうなるかはおわかりでいらっしゃいましょう。

クリスタルの回復を願ってはいらっしゃいましょうが、それはけっして、他国によってクリスタルが食い破られるという意味ではないはずです」

「人聞きの悪いことを言うな。俺は何もクリスタルを征服するつもりなどないぞ」

「市民のいないクリスタルに入れば同じことだと申し上げております。しかも竜頭兵なる異形の怪物が徘徊しておるとか。もし本当なら、人ならぬ者との戦いによって戦力を削られることもありえます。イシュトヴァーン王を討ち取るどころの話ではないかもしれませんぞ」

「ダゴン・ヴォルフも同じ考えなのか」

　ボルゴ・ヴァレンは少し機嫌を悪くして言った。

「深い話はいまだしておりませんが、おそらくは似たような考えでおられましょう」

「そうか。爺《じい》もそう思っているか」

　ふっと息をついてボルゴ・ヴァレンはつぶやいた。

「だがな、このような機会でもなければ、近づけないものがあるのだ、ダリウ。パロ王家の青い血を受け継いでいるアルミナならば扱えるかもしれぬあるものがな。それを手に入れることができさえすれば、アグラーヤは新しい時代を迎えるかもしれぬ。元パロ王妃としてアルミナを押し立て、クリスタル回復を目指すのはそのためだ」

「いったい何なのです？」トール・ダリウはきいた。「これほどまでの危険を冒してまで手に入れなければならないそのものとは？」

「それは——」

声をひそめてボルゴ・ヴァレンが応えようとしたとき、「ボルゴ・ヴァレン陛下」とわきから声がかかった。ボルゴ・ヴァレンは身体を立て直してふりむいた。彼らが立っていた通路のはしに、お仕着せに身を包んだ小姓が、身をかがめて立っていた。

「ボルゴ・ヴァレン陛下。わが主人、ライゴールのアンダヌス評議長が、お話をさせていただきたいと申しております。ご足労ですが、あるじの部屋まで足をお運びいただけませんでしょうか」

「アンダヌス……殿が？」

思わず顔をしかめかけて、ボルゴ・ヴァレンはようやく「殿」をつけることを思いだしてつけ加えた。

「——よかろう。話を聞こう。案内してくれ」

「陛下！」トール・ダリウが袖をひいてするどく言った。

「あのライゴールの蛙の話をお聞きになるというのですか？　ろくな話ではありますまい。おやめなさいまし。どのみち腹に一物あるのはわかりきっております」

「その腹に一物も、話してみねば探り出すことはできぬだろう。俺はゆくぞ、ダリウ」

「陛下——」

「恐れながら」

　マントを翻して先に歩きだしたボルゴ・ヴァレンに、続こうとしたトール・ダリウはさりげなく手で留められて目を怒らせた。

「主人はボルゴ・ヴァレン様とのみ会談を希望しております。まことに失礼ながら、余人の同席はご遠慮願いたい、とのことでございます」

「なんだと……！」

「ダリウ」

　肩ごしにふりかえったボルゴ・ヴァレンが言った。

「ここは従え。行くのは俺ひとりでよい。まさか堂々と俺に毒を盛りはせんだろう。先に部屋へ戻って待て。俺は大丈夫だ」

「しかし、陛下」

「頼んだぞ、ダリウ」

　そのままボルゴ・ヴァレンは小姓のあとについて大股に通路の向こうへと消えていった。トール・ダリウはなすすべなくその後ろ姿を見守り、姿が消えると、小さくののしり声を発して床を力任せに蹴りつけた。


　会議の開催は明朝四の霧笛からと決定され、その旨、四方に使者が走らされた。

会場はヴァラキア公邸の大広間である。真っ先に入ってきたのは、動議を提出したアグラーヤ王ボルゴ・ヴァレンで、王の正装に身を包み、王冠をつけ、マントをなびかせて勢いよく入ってきた。左右に海軍提督トール・ダリウ、内大臣カルス・バールをともなっている。まぶたが腫れぼったく、眠っていない様子をうかがわせたが、疲れた顔は見せていない。

それに続いたのは会場の提供者であるヴァラキアのロータス・トレヴァーン公——このすっきりとした武人は、青と黒の正装に白いマントをなびかせ、後ろには、カメロンなきあとオルニウス号の船長と海軍提督を兼任している老練な船乗りグンドと、内務大臣エルム・ガルトを従えている。三人とも、最近のカメロンの葬儀と、また、つい先日の公弟オリー・トレヴァーンの死のために、腕に黒い喪章を巻いていた。

三番目に席に着いたのはレンティアである。さきの女王ヨオ・イロナの没後、王家に争いがあり、あやしいことが続いたということで、現王太子のイーゴ・ネアンはいまだ戴冠に至っていない。もっともその実、摂政兼教育係の、海軍大臣かつ提督のタン・ハウゼンが、弱々しすぎるイーゴ・ネアンにいらだちを隠さず、その性根をたたき直すまで戴冠をのばしているらしいとの噂もある。

入ってきたイーゴ・ネアンは、後ろを歩むタン・ハウゼンの巨軀に押しつぶされるように背中を丸め、おどおどとうつむきかげんで、椅子の背を手探りするようなおぼつかない様子で席に着いた。

次にトラキア自治領の代表、オルロック伯爵が、あかがね色に灼けた肌に海の色の瞳を光らせて席についた。トラキアは唯一、沿海州の中でも農業のゆたかな土地であり、貿易よりも農業と漁業で国が成り立っている。オルロック伯はそこの古い名家の末裔である。オルロック伯にはオルロック伯夫人エリジア、息子のオルロスが従う。

イフリキアの総督コルヴィヌスは、副総督ガンダルス、ミロクの僧官ガイ・シンとともに入場した。もともとヴァラキアの属国であり、自治領という位置づけにあるイフリキアは、総督であるコルヴィヌスもヴァラキア公によって総督を任命された土豪である。

ハズリック・ケンドル、海人族の族長にしてアムラシュの市長は、弟のマガダの領主、ケイン・ケンドルとともにどっかりと腰をおろす。沿海州の中では貿易をあまりせず、海にもぐって漁をする彼らは、もともと海軍など持っておらぬし、貿易上の利権などにもかかわりないため、中原の動静などにはあまり関心を持っていない。

そして最後に、ライゴールの議長——アンダヌスが姿を現した。


いつもながら彼が現れると、会席者全員のざわめきがやみ、その注意は彼ひとりに引きつけられるようであった。

でっぷりと肥えた、きわめて大柄な人物で、アンダヌスの大鼻と称されるまっかな大きな鼻とたるんで垂れ下がった頬、ぶあつい唇が印象強い。まぶたはいつも半分垂れ下がっていて、その下から、蛇のそれを思わせる異様につよい光が放射されているように感じられる。

長いゆるやかなトーガをまとい、胸には宝石をちりばめて『航海に平安あれ』と『ライゴールに繁栄あれ』とルーン文字できざんだ飾り板が下がっている。頭にはライゴールの評議長であることを表すルノリアの葉をかたどった金冠をかぶり、はげ上がった頭にしきりと汗をかきながら、付き従う小姓から、ゆるやかに羽扇で風を送られていた。引きつれているのはライゴールの十人衆のうち、武器商人の有力者コーウィンと、船商人のタンゲリヌスである。

「沿海州でもっとも醜い支配者」「ライゴールの蛙」と呼ばれる彼は、王侯めいてゆったりと場内を見回すと、悠然と最後に残った席にどっかりと身を埋めた。

アグラーヤの首相、ダゴン・ヴォルフがしずしずと議長席へ上がっていく。レンティアの王女を妻に、トラキアの領主をいとこに持つ彼は、沿海州ではアグラーヤ王をしのぐ発言力を持つとも言われ、〈蛙〉のアンダヌスをもいうことをきかせられる唯一の人物として、この沿海州会議の永久議長を務めることとなっている。

席についたダゴン・ヴォルフは、しばし黙って会衆を眺めまわした。ひとりひとりの上に目を注ぎ、特に、ボルゴ・ヴァレンとアンダヌスの上にしばし長く目を留めていたが、やがて背筋をのばし、片手をあげて会議の始まりを宣した。

「みな、そろわれたようだ。……それではこれより、はじめたいと思う」

2

「この会議は、パロ、クリスタルにおいて、ゴーラ王イシュトヴァーンがクリスタル・パレスに侵入して女王リンダ陛下を監禁し、竜頭兵なる異形のものを用いて市民を虐殺した件を扱うものである。……イシュトヴァーン王の背後にはキタイの竜王と呼ばれるヤンダル・ゾッグが存在すると思われ、竜頭兵は、その魔道の力によってつくりだされたものと推察される。沿海州としては、このパロに加えられた暴虐に対していかなる態度を取るべきか、それを、この会議によってさだめたい」

ダゴン・ヴォルフのしわがれた声は海面に吹く風のように流れた。

「この惨禍によってクリスタルの市民はほぼ全滅、いまやイシュトヴァーン王のみがクリスタル・パレスに盤踞している状態である。沿海州はこの状況に対し、クリスタルへの派兵を通じてイシュトヴァーン王を追放、または討伐し、クリスタルの解放をもたらすや、いなや」

「竜頭兵、とは、どういうものであるのかな」

オルロック伯が手を上げてきいた。

「現在ヴァラキアに身を置いておられるパロ宰相ヴァレリウス殿の証言によれば、とかげのような頭と尾を持つ二本足の怪物で、全身をうろこに覆われ、そのするどい牙と爪で人を殺傷する生物だということだ」

「そんなものがうようよしている場所に兵を連れていけというのか?」

オルロック伯はいやな顔をした。

「海兵はともかく、もともとわれわれ沿海州の陸兵はすくない。内陸のパロには沿海州二十万の船といえどとどかんぞ」

「アルゴ航路をつかって行き来することはできる」

ボルゴ・ヴァレンが応じた。

「航路の途中にはパロの友邦アルゴスもある。アルゴスで騎馬部隊を借り入れることもできよう」

「だが、その先にはカウロスがある。カウロスはもとモンゴールの友邦だ。モンゴールが大公領としてゴーラに吸収されたいまでも、モンゴールまたはゴーラに友好を結んでいると思われる」

「イシュトヴァーン王の行いがいかに不法でも、ゴーラの王である以上、カウロスはイシュトヴァーン王の擁護につくのではないか。ゴーラに対する軍隊がカウロス領内を航行することを許すとは思えん」

「ゴーラは正式に各国に国として認められているわけではない。カウロスが友邦としていたモンゴールにはいまだにゴーラに対して抵抗勢力が根を張っている。である以上、ゴーラに対しては慎重な姿勢を取っている」

「それでも、その希望的観測に基づいて兵を出すのは早計ではないのか」

「ボルゴ・ヴァレン殿。今回の動議は、娘御の望みでもあるということだが」

ロータス・トレヴァーンが沈鬱に言った。鋭いまなざしは濃い黒い眉の下からボルゴ・ヴァレンを射貫くように見つめている。

「それはいわばアグラーヤの私的な復讐といえるもの。その私的な復讐に、沿海州の海軍を出そうとは、筋違いではないのか」

「娘のことはこの際関係ない、ロータス公」

すぐにボルゴ・ヴァレンは打ち返した。ロータス・トレヴァーンの突き刺すような眼光を受け止めて、まったく平然としている。

「クリスタル出兵の目的は、イシュトヴァーン王を逐《お》い、市民のために市内の安全を回復すること――そこに私の私情ははさまれておらぬ。以前われわれは、パロを救うために沿海州海軍を出した。理由はその時と同じだ。正義、そのことのみにつきる。しかも今回、イシュトヴァーン王の暴虐はさきのモンゴールの劫掠《ごうりゃく》よりもあきらかだ。市民を虐殺し、自分は女王を人質にクリスタル・パレスにたてこもるなどと、ほとんど夜盗にも劣る所業だ。夜盗同然のイシュトヴァーン王の行いをゆるすわけにゆかぬ」

「なるほど正義はあろう。正義はあろうが、今、沿海州を巻き込んで兵を動かす必要があるのかどうか、ということだ。さきほどオルロック伯がおっしゃられたようにカウロスとの関係もある。クリスタルを回復したところで、パロの国力は一気に戻るものではなかろう。ほぼ、ほぼ滅亡にも近いパロのために、げんざい意気盛んなゴーラを敵に回す危険を冒す価値があるか」

ヴァレリウスがきいていれば苦痛に顔をゆがめたであろう冷厳たる口調であった。

「沿海州は沿海州全体としての利益を計らねばならぬ。滅亡にも近い国を救うためにうかうかと国を発して、その間にゴーラに攻め込まれては沿海州は終わりだ。今回、パロ軍やパロ義勇軍の助けはないのだからな」

ボルゴ・ヴァレンは唇を結んでロータス・トレヴァーンを見返した。黒い瞳には何の感情も浮かんでおらず、深い眼窩の奥で、暗い影に沈んでいる。

「ゴーラは宰相カメロンをイシュトヴァーン王が自身の手で殺害した。カメロンなき今、イシュトヴァーン王なしにはどのような決定もできぬはず。そのイシュトヴァーン王はクリスタル・パレスにこもって動いておらぬ。イシュトヴァーン王さえ討ち取ることができれば、ゴーラの動きは止められる」

「軍の接近を感づいたイシュトヴァーン王がいち早くクリスタル・パレスを逃げ出して国へ走ったらどうするつもりか。苛烈な気性で知られるイシュトヴァーン王のことだ、自分に対して起こされた軍に対して容赦はせぬだろう。一気に揉みつぶし、その勢いをかって沿海州へと攻め寄せてこられたら、陸兵の少ないこちらは手の打ちようがない。アルゴ航路は遠い」

さとすようにロータス・トレヴァーンはつづけた。

「その上急流だ。遡るには相当の日にちが必要となろう。その間に、クリスタルのイシュトヴァーン王に情報が届かない保証はどこにもない。イシュトヴァーン王がいったん動けば、海兵もすべて出払った裸の沿海州にゴーラの猛兵がおそいかかってくる可能性すらある。私は到底、正義のためとはいえそのような危険を冒すことは、沿海州のためにできぬと信ずる」

「わ、私は、魔道というところが気になる」

かん高い声でレンティアのヨラス・ハイムが発言した。

「沿海州には魔道は縁遠いところ、……それを、竜王、その、なんとかいう――」

「ヤンダル・ゾッグ」

「そ、そう、そのヤンダルというものが何やらあやしい技をなしているのだろう」

ヨラスはつばを飛ばした。

「われら沿海州は、そのようなあやしい技にはかかわらぬもの。竜頭兵とやらいう人外の化け物が徘徊しているとあればなおさらだ。魔道などというものには、われらはかかわりたくない」

ざわざわと人々はざわめいた。沿海州においては、魔道師やまじない師などの姿も見かけはするものの、それらはたいていよその土地からの渡航者で、魔道などといった闇のにおいのするものはこの沿海州の明るい太陽のもとでは存在すらできぬといったふうである。もとより、住民が魔道を警戒することも軽蔑することもつよく、クリスタルが魔道の産物によって壊滅したということも、いまだなかばは、信じられていないのが正直なところであった。

「竜頭兵に関してはヴァラキアに身を寄せておられる宰相ヴァレリウス殿の証言によるものだ。……かの御仁がまんざらうそをつくお方とも思われぬが」

「嘘だろうと、本当だろうとどちらでもよい。そうした兵力でイシュトヴァーン王が身を固めているということが重要なのだ」

ロータス・トレヴァーンが引き取って言った。

「なんといってもパロ、クリスタルは海のない内陸の国、これは痛い。どれだけ沿海州海軍が強兵であっても、海のないところに船はゆけぬ。無理にアルゴ航路からさかのぼろうとしても、途中にはカウロスもあり、また、道筋にかかる日にちのあいだにゴーラ兵に攻められてはこちらがもたぬ。ボルゴ・ヴァレン殿は宰相カメロンなき今、イシュトヴァーン王さえ討ち果たせばとおおせられるが、討ち果たす前に逃げられてしまえば、それはそのまま沿海州へと矛先を向けさせることとおなじ。……」

「…………」

ボルゴ・ヴァレンは黙って髭をひねり回していた。

「……正義、確かに正義はこちらにあろう。だが力が正義を決めるという真理も、いかんともしがたいながらまたあるのだ。今回のクリスタル奪回にもまた、それがあてはまる。以前の黒竜戦役のときとはわけがちがうのだ。あるいは、ケイロニアが介入するとでも声明すれば話は違うかもしれないが――」

「…………」

「――パロの王位継承者はケイロニアへ身を寄せたと聞くが、いまだ音沙汰がない。ケイロニアがそれをうけてゴーラへの姿勢を決めれば致しようもあろうが、今この状況では、沿海州海軍の出兵は否定せざるを得ない、というのが、私の考えだ」

「ボルゴ・ヴァレン王。なにか、ご意見は」

議長のダゴン・ヴォルフが指名する。ボルゴ・ヴァレンは席に座ったまままむっつりと目をつむり、腕を組んでいた。ダゴン・ヴォルフは返事に耳をすますように、議長席からわずかに身を乗り出して上体をかたむけている。

と、そこへ、小姓が小走りに駆け寄り、何事か早口に囁いた。「なんだと?」とダゴン・ヴォルフがぎょっとしたように顔を上げると同時に、大広間の扉のほうから、何か、争うような人声が聞こえてきた。扉が勢いよく開いて、留めようとする衛兵の手を振り払い、水色のドレスに長いヴェールで顔を覆ったほっそりした女人が、転げ込むように会議場の中へ入ってきた。

「アルミナ!」

ボルゴ・ヴァレンは驚愕して立ちあがった。ヴェールをすいて見えた顔は、彼の娘、もとパロ王妃にしてアグラーヤ王女、アルミナ姫にほかならなかったのである。

「ご参集のみなさまがた、どうぞ、わたくしの話をお聞きくださいませ」

腕をとらえて外へ連れ出そうとする衛兵ともみ合いながら、息をはずませてアルミナはさけんだ。議長席のダゴン・ヴォルフへ、訴えかけるような目を向ける。ダゴン・ヴォルフは「なりません、姫」と早口に言った。

「これは正式の会議の席、臨席がかなうのは国の代表とその随身《ずいじん》のみ。それ以外のものは入ることは許されぬのです」

「でもみなさま、ご存じなのでしょう、この派兵がわたくしの望んだことなのだと?」

床の上に身をかたむけてアルミナは顔をふりむけた。長い金髪が乱れて肩に、目に降りかかっている。明るい青い目はあまりにも青く、どこか遠いところを見ているような雰囲気があった。

「でしたらわたくしのお話を聞いてくださってもよいはずですわ、出席者としてでなくとも、証言者として。わたくしはじっさいあのパロへ、クリスタルへ行って、竜王の魔道にこの身を汚されてきたのですから。これから中原のみならず、いずれは沿海州までも、相手にせねばならない悪魔の目を見入ってきたのですから――」

「どうしても、お止めすることができませんでした」

急ぎ足に白いトーガをつけた医師が入ってきて、ボルゴ・ヴァレンに囁いた。

「たいそうお気を荒くされて、どうしても会議の場へゆくのだと狂い回られるので、わたくしどもではいかんともしがたく……御自分で御自分を傷つけられるよりはと、こうして、お連れしてまいったしだいです」

「いいわけはよい」ボルゴ・ヴァレンはにがりきって言った。

「たいそう失礼した、みなさん。娘は少々調子が悪いようだ。いま連れ出させる」

「話を聞いてもよいのではないかな、ボルゴ・ヴァレン殿」

太い声がした。ボルゴ・ヴァレンはびくっとして声のした方を見た。ライゴールのアンダヌス議長が、でっぷりと突き出た腹の上に手を組み、あごを胸の上にあずけて半目になって事態を見下ろしていた。

「わしは参考証言として、アルミナ王女の話を聞くことを提言する。魔道の存在が論点のひとつとなっているこの場合、その魔道に直接触れたとおっしゃる王女の話は貴重であるだろう。少なくとも、わしは王女の話を聞きたい」

「アンダヌス殿の発言に意見は」ダゴン・ヴォルフが穏やかに訊いた。

「……賛成」レンティアのヨラスが何かに押されるように手を上げてこたえた。

「私も、賛成」トラキアのオルロック伯が片手を上げて応じた。

「賛成」

「よかろう」

「異議なし」

「発言は受け入れられた」ダゴン・ヴォルフは淡々と言った。

「では、アルミナ王女。前にお進みください」

アルミナは衛兵から身をもぎ離すと、少しふらつき、それからしっかりした足取りになって二歩三歩と歩み出た。会議場の真ん中まで、誰の手も拒否してひとりで進んでいく。白い頰は上気し、両手は胸の下できつく組み合わされていた。青い目が正視もかなわぬほどに強く輝いている。

会議場の中心に立つと、ほっそりした彼女の姿はますます小さく、はかなげに見えた。ボルゴ・ヴァレンは小さく唸りながら、会衆の前に進み出る娘の姿を眺めていた。彼女が現れることはまったく予想外だった……そして彼女がもしここで、常軌を逸したことを口走ったり狂いだしたりしたら、ただでさえ押される一方の自分の立場にどのような影響が出るかと考えるとぞっとした。今からでも間に合えば娘の肩をつかんでひきずりおろしたい思いで、彼は娘の小さな後ろ姿を苦々しく見つめた。

「わたくしがパロの王妃であったことは、どなたもご存じのことと思います」

アルミナは言った。声は高く、澄んでいたが、そこには狂気じみたものはみじんもなかった。衛兵ともみ合ったときに乱れた長い髪だけが彼女の唯一乱れたところだった。長い髪は肩から背中に散りかかり、額からあごへと流れおちていた。

「けれどもそこで何が起こったかをご存じの方は少ないと思います。わたくしはあそこで、魔道により……キタイの竜王の魔道により、魔物の子供をはらみ、産み落とすこととなりました。わたくしの心身の健康を奪い、帰国へとおいやった理由は、たんなる病などではありません。わが夫であるパロ王レムス陛下を魔道によってのっとり、わたしの胎内に魔物の胤《たね》を仕込んで、この世に人ならぬ子を誕生させるように仕組んだ、キタイの竜王、ヤンダル・ゾッグの魔道のしわざなのです」

魔道、という一語がいまわしい楽器の音のように繰り返される。

「わたくしはおのれが産んだ魔道の子とある種の絆によって結ばれておりましたから、ある程度、かの怪物が何をしているかを知ることができました。わたくしの子……そうです、わたくしの喜びであり、光であり、希望ともなるべきだった息子は、ヤンダル・

ゾッグによって奪われてしまっていたのです。

わたくしの息子は、その忌まわしい魂の父親から受けついだ力を使って、クリスタル・パレスを人ではないものが行き来する魔の宮殿に変えました。人を喰らい、その人間の知識を吸収して、あっという間に成長したわたくしの魔の息子は、わたくしの夫であるレムス陛下をも意のままにしてもてあそび、クリスタル・パレス全体を魔の領域となしてしまいました」

会議場はしんとして、みな息をひそめてでもいるようである。

「そうして今回またクリスタルは、竜王の魔道によって蹂躙され、壊滅いたしました。わたくしがいたときよりも、もっとひどく。このたびの手先は魔の子ではなく、ゴーラのイシュトヴァーン王でしたが、その背後に、ヤンダル・ゾッグの魔の手が動いていることは疑いようもありません」

アルミナの声は高まることもなく、むしろ淡々として、一本調子につづいた。

「みなさんに申しあげたいことは、そうした竜王の魔道の脅威が、いつ沿海州にさし向けられるかもわからない、ということです。竜王の力ははじめはそれと目には見えません。目に見えないところから入り込み、成長し、拡散します。そうして気がついたときには、もはや手のつけようもないところまで燃え広がっているのです。パロはそれによって食い破られてしまいました。沿海州をそのような目に遭わせてはなりません」

「だ、だがそれは、竜王の魔道、というものがある、としての話だろう」

トラキアのオルロック伯がどもりがちに口をはさんだ。

「いや、その、王女殿下のお話を否定するつもりはない……つもりはないが、今げんざい、目の前にない魔道とかいうものを信じて、その脅威を体感せよと言われても、知識のないわれらはとまどうばかりだ。王女の体験されたことはたいへん気の毒に思うが、だからといって、われらに同じように感じよと言われてもこまる」

「そのようにおっしゃられるのではないかと思っていました」

アルミナは、むしろ、微笑さえ浮かべてその反対の声に応じた。

「では、もっとみなさんにわかりやすいお話をいたしましょう。……いま無人となっているクリスタルの土地は、いったい誰が保有するのか、ということを」

はっと会衆が息を呑む音がした。アルミナは妖艶とさえ言える表情を浮かべて会議場を見渡した。

「イシュトヴァーン王はリンダ女王をクリスタル・パレスに押さえているだけで、パロに軍を入れることはしていないとか。それだけではなく、内乱によってパロは地方に至るまで疲弊しきっています。いま、ある程度の強さと量のある軍をパロにさし向ければ、抵抗する勢力はもはやパロにはほとんど残っていないでしょう」

「そ――そ――それは」

レンティアのヨラスが震え声を出した。

「それはつまり――パロを攻めろと……そういう――」

「攻めろ、とは申しておりませんわ」

アルミナは乱れた髪を後ろへかきやった。そのくちびるには、笑みに似たかたちの何かがこわばりついていた。

「ただ、クリスタルへ、パロへ兵を進めれば、何が手に入るかをお話ししているだけのこと。……イシュトヴァーン王を討ち取れば、ほぼ無人のクリスタルの都があとにのこるのです。中原の宝石と呼ばれたパロの都。治安を維持し、人々が安全に戻ってこられるように軍を配置することに、どこから文句が出ることがありましょう。リンダ女王をお守りし、もり立てるためのパロ軍が不在なのでは、その代わりを務めるのも仕方がないというものではありませんか」

「しかし、サラミス、カラヴィア、マールの三公領は……」

「サラミス、マールの二公領は内乱で大きく勢力を失っていますし、のこるカラヴィア領にしたところで、もちろん、争う必要はないのです。ともに力を合わせて、パロを守ろうと呼びかければいいのですわ」

さらりとアルミナは言った。

「むろん、海運で身を立てる沿海州に内陸のパロの土地があってどうするのかというご意見もありますわね。でも、これを機会に陸運の拠点を中原に持つことができれば、沿海州はもっともっと栄えますでしょうね。もっともっと……」

しだいにアルミナの身体が揺れはじめた。両肩を抱いて揺れながら、おもしろそうにくすくすと笑いをもらす。笑いはやがて、声を放った荒々しいともいえる哄笑にかわった。医師があわてて飛びだしてアルミナを抱える。

「沿海州が栄えるのですわ」笑いにあえぎながらアルミナはとぎれとぎれに言った。「沿海州が栄えるのですもの、クリスタルに出兵して、イシュトヴァーン王を追い払って――ヤンダル・ゾッグに一矢報いてやれば……パロを……クリスタルを」

「連れてゆけ」

ボルゴ・ヴァレンは苦虫をかみつぶしたような顔で医師にあいずをした。その視線で彼は、狂乱の娘に話をさせるようにしむけたアンダヌスにとがめるような視線を送ったが、当のアンダヌスは、まったくあわてた様子もなく、やはり腹の上に手を組み、悠揚せまらぬ様子で、半分目を閉じ、医師に抱きかかえられるようにして連れ出されてゆくアルミナ姫を、その分厚いまぶたの下から眺めているばかりであった。

3

ドライドン騎士団の詰所はむっとする熱気にとざされていた。中央の卓にブランが座り、呆然と手の中の杯に目を落としていた。周囲にはほかの騎士たち——マルコを初めとした——が集まり、同じように、口をつぐんで重苦しいおももちで立っていた。

「滅多刺しにした」

まだ半分悪夢の中にいるような口調でブランはつぶやいた。

「あのイシュトヴァーンが、おやじさんを。いったいなぜなんだ？　どうして、おやじさんがそんなことに？　おやじさんはイシュトヴァーンにあんなによくしてやってた、そうじゃないのか？　なのに——」

「俺は目の前で見たんだ、ブラン」

マルコは静かに言った。

「あの男が叫びながらおやじさんの身体に剣を突き立てるところを、そして見られていたとわかったとたんに『俺じゃない』と情けない声で逃げ口上をうつところを。あんな男に仕えていた過去そのものを、俺は葬り去りたいくらいだ。ブラン、わかるだろう、俺たちは、おやじさんの仇をうたなきゃいけないんだ」

「だが、俺たちはスーティを探しに行かなければならん」

壁の一方から低い声がした。スカールが、仏頂面で腕を組んで立っていた。衝撃のあまりに足もともおぼつかないブランを連れて詰所までやってきて、ここでカメロンが死んだときのくわしい状況を聞かされたのだった。

カメロンとは肝胆相照《かんたんあいて》らすとまでは行かずとも友人だった。あの明朗な男が、何よりも愛した相手の手によって凄惨な死を迎えたことに対して怒りと悲哀を抑えることはできなかったが、室内によどむ煮詰まった憎悪の雰囲気にはなじめないものを感じた。

かつて自分も、リー・ファを殺されたときに同じ憎悪に身を焼いた。だからこそ、この場に渦巻く怒りと憎悪に共感すると同時に居心地の悪さを覚える。憎悪に狂う自分自身を外から見せられているようで、いたたまれない心地がする。スーティのことを考えると、よけいにそう思えた。今、こうしているあいだにも、スーティはゴーラにあって危険な目に遭っているかもしれないと思うと、身がふたつに引き裂かれるような気がする。

「ブラン、お前は、スーティの騎士としてその身を守り、母を連れ帰ると誓った。イシュトヴァーンへの復讐も重要だろうが、われわれは、幼子の安全を預かる誓いをしているのだ。われらが行ってやらなくてはスーティはどんな危機に陥っているやもしれぬ。イシュトヴァーンへの復讐は一時措いても、スーティを救いに行くのがわれわれの先決ではないか」

「スーティというのは、小イシュトヴァーン王子のことですか。フロリーが産んでいたという」

　マルコが無感情に言った。

「そうだ」

「では、放っておけばよいでしょう。イシュトヴァーンの息子など。いずれにせよ、あの殺人者の血を引いた息子です。生かしておいてもろくなことはないにちがいない」

「何だと」

　スカールは思わずマルコの胸ぐらをつかんだ。マルコは退屈そうな顔をして身をそむけている。

「スーティ——小イシュトヴァーンはそんな子供ではない。お前たちはあの子を知らんからわからんのだ。あの子は強く、利発で、やさしく愛らしい子供だ。父親の悪徳などひとかけらも引き継いでおらん」

「幼いうちはそうも言えましょう。だが大人になればどうなるか、わかりはしません」

　スカールはむきになって言い返そうとし、相手の底のないような暗く沈んだ瞳を見て、

無駄を悟って口をつぐんだ。今はどのような言葉を弄しても、彼の心には届かないだろう。かわりにブランに向かって、

「どうするのだ、ブラン。俺はゴーラへ向かう船を探しに行くぞ。お前も来るのか、それともここで仲間と残って、イシュトヴァーンへの復讐に加わるつもりか」

「ブラン」

マルコの声はやさしいとさえ言えた。座りこんでうなだれたブランの肩を抱くようにして、そっと手を触れる。

「お前の好きにすればいい。だが、イシュトヴァーンの血を引く子供を守ることが、はたしておやじさんの魂を安らがせることになるかな」

「俺はおやじさんからスーティを見つけ出すよう命じられたんだ」

まだ呆然としてブランはつぶやいた。

「そうだ……おやじさんから俺は、スーティを見つけるように言われたんだ……」

「では、スーティを守ることもまた、カメロンの言葉を守ることにほかならんだろう」

すかさずスカールは口をはさんだ。

「カメロンのかたきをとることも確かに大切だろう。だが、カメロンの言葉を守ることもまた、大切な任務なのではないか」

「俺……俺は――」

　ブランは頭を抱えて身を丸めた。

「頼む。しばらく、そっとしておいてくれんか、スカール殿。俺は……、俺は、少し考えたい……」

「わかった、ブラン。じっくり考えればよい。俺は港へ行っている。気が向けば、来てくれ」

　ブランの肩を軽く叩いておいて、顔を上げて周囲を見回した。あたりに集ったドライドン騎士の顔つきはきびしい。マルコの無表情さがいっそ際立つほどだ。

「貴殿らの気持ちはわかるつもりだ。俺とてカメロンとは友人、またイシュトヴァーンにはもとより遺恨のある身、今でもきゃつを目の前にすれば襲いかからずにいられる自信はない。だが、罪のない子供にその父の罪をになわせることは間違いだと、いわせてもらおう。スーティは無邪気な子だ。あれほど罪という言葉に遠い子供は見たことがないほどだ」

　返事はどこからも帰ってこなかった。スカールは身をひるがえして詰所を出た。角に出たところで、ザザが、人間の女の姿でひらりとそばにやってきた。

「どうだったの。ずいぶん、長くかかってたけど」

「カメロンが殺されたときの話を聞いていたのでな。ブランはかなりな衝撃を受けている。気の毒に」

ザザと並んで通りを下っていきながら、スカールはちらりと肩ごしに詰所を振りかえった。

「あたしは、カメロンて人を知らないけど、ずいぶん人望のあった人なんだね」

「ああ。俺はたいした人物だと思っていた。イシュトヴァーンのことは息子同然に思っていたはずだが、その相手に殺されるとは、当人も死んでも死に切れまい」

「ブランはどうするつもりなのかな」

心配そうにザザは口をとがらせた。

「まさか、スーティを放っておくつもりじゃ……」

「わからん。あの衝撃の受けようでは、ひょっとしたら騎士団の仲間に説得されてイシュトヴァーンへの敵討ちに走るかもしれん。そうでないことを望んでいるがな。フロリーはどうしている？」

「宿屋で休んでるよ。ヨナも休んだ方がいいって言ったんだけど、どうしても気になってんでヴァレリウスのところへ行ってる。なんか会議とかの話で」

「ああ。沿海州会議が行われているのだったな」

スカールは身をよじってヴァラキア公邸のあるほうをかえりみた。白くすっきりとした石造りの公邸は、青や赤の瓦屋根のヴァラキアの町の建物の波のむこうに高々とそびえている。ゆきかう人々のせわしなさはいつにかわらぬ港町ヴァラキアだが、武装した兵士が道の要所要所に配置されていたり、港の入り口にもまた兵士の一団がかまえていて、通行する人間に目をひからせているのが目につく。

「ぶっそうな雰囲気だね」

「お偉方たちが集まっているからな。警備が厳しくなるのは仕方がなかろう」

ひそひそ話し合いながら港への道を下っていくと、角に立っていた兵士に厳しく呼び止められた。

「お前たち、どこへ行く。ヴァラキアのものではないな」

「俺たちはあやしいものではない。ゴーラへ渡る船を探しに、桟橋まで行きたいだけだ」

「身分証を見せろ」

ヤガを出るときに作らせた通行手形を見せると、うさんくさそうに鼻息を吹きながらも通してくれた。通りすぎてしまうと、ザザが憤慨したように、

「なんだい、いばっちゃってさ。だから人間てのはうっとうしいんだ。槍を持って紋章のついた鎧を着けてりゃ、自分がえらいと勘違いしていやがる」

「まあ、そう言うな。あれも仕事だ。会議のあいだに町でさわぎを起こされてはかなわんということなのだろう」

銀鱗をひらめかせる魚を満載した手押し車が忙しそうに運ばれていく。埠頭に座りこ

んで網から魚を外している女の一団がいる。子供がひとり道ばたに座って、小魚のはらわたを小さなナイフで器用に抜き、その場で焼いて売っている。船乗り姿の男たちがこれ見よがしに入れ墨の腕や腰の大ナイフをひらつかせて歩いていく。港の喧噪は街中の喧噪とはまた違ってあわただしい。魚のにおいと潮のにおいがつよく漂い、それに古い船材や潮につかった石のにおいもあいまって、少しくらりとするようなにおいである。少し行った先に小屋がけの店があって、そこで女が大きな鍋に小魚や貝をいれたごった煮を作って椀につぎ分けている、そのうまそうなにおいも鼻腔を刺激する。ザザは目をほそめてぶらぶらとそちらへ寄っていった。

「いいにおいだね。ちょっとひとくち食べていこうかな……おや」

「どうした？」

「いや。今、見たことがある人間が歩いていった気がして。……ああ、そうだ、さっき詰所の前にいたときに見た男だ。仲間がみんな詰所で引きこもってるのに、ひとりだけどこへ行くんだろうと思ってみていたんだけど——」

ザザの指さすほうを見ると、ひとりの長身の若者が鼻歌でも歌いそうな顔をしながらぶらぶらと歩いていくところだった。金髪を短く切り、手足がひょろりと長くて、目立つ中高の鼻をしている。

「ドライドン騎士団のものか？　それにしては紋章をつけていないが」

「さあ、どうなんだろう……カメロンって人のことがあるわりには、ずいぶん気楽そうな顔をしてるね、あの男。なんだか変な感じだ」

「ドライドン騎士団はカメロンの私兵のようなものだと聞いていたが——まあ、中にはそうでもないものもいるのだろう。俺たちは早くゴーラ行きの船を見つけねばならん。行くぞ、ザザ、何をしてる」

「ああ、うん……」

先に立って急ぎ足にゆくスカールに、ザザはなんとなくまだ男に心を残したふうでいながら、ふりかえりふりかえり、桟橋のほうへと歩いていった。


金髪の長身の若者は、そうやってザザに見られていたことにはまったく気づかぬようすで、のんびりと港の賑わいの中を歩いてゆき、ふと、ある船宿の中へ吸い込まれるように入っていった。

そこは樽に板を渡した卓があり、壁には船の碇とヴァラキアの旗を飾りつけたよくあるたぐいの酒場兼宿屋だったが、帳場の向こうにいる男は、頭が禿げた小男で、片方の目が薄白い傷跡でふさがっている悪相だった。若者が「ヴァシャ酒を」と身を乗り出して注文すると同時に、手に隠すようにして、一枚の銀貨を渡す。そしらぬ顔で受けとった亭主は、ヴァシャ酒の杯を給仕するのと同時に、小さく折りたたんだ紙を杯の下に敷いて渡した。杯を持ち上げてちらりと紙を見た若者は、なにくわぬ顔で紙を胸元に入れ、ぐいとヴァシャ酒を飲み干すと、「どうもね」と明るく言い、代金を板の上に放り出して船宿をあとにした。

船宿を出てまたぶらぶらと歩いていくように見えたが、近くの小さな桟橋に、渡し船めいた小さなはしけがつながれているのを見て、興味を引かれたかのようにぶらりと足を向けた。

はしけには退屈そうな顔をした老人が頭に布を巻き、暑そうに弛緩した顔で竿によりかかっていた。ぶらぶらと寄っていった若者がそばへ近づき、話しかけるような身振りでかがみ込んで、ちらりと胸元の紙を見せると、顔も視線も動かさず、若者がはしけに乗り込むのを待った。そして若者がはしけに腰をおろしてしまうと、ゆらりと竿をとって、やせこけた身体に不釣り合いなほど敏捷な動きで、沖へとこぎはじめた。

入り乱れる小舟や商船、漁船、軍船をかいくぐるようにこいでいく。やがて、はしけが横付けしたのは、一隻の小型の商船だった。大型の船の影に隠れるようにして停泊していた船につけると、待っていたように上からぱらりと縄ばしごが落ちてきた。若者は慣れたようすではしごにつかまり、長い手足でひょいひょいとたぐるようにあがっていって、あっという間に船上にあがった。

船上にはふたりの商人風の人物が待っていた。どちらも無表情な、頬のたるんだ白髪の男で、ひとりは重そうに突き出た腹をしており、もうひとりは、棒のように痩せて手足の関節などはぽきぽきと音を立てそうな姿をしていた。

「遅い」太った方が不機嫌に言った。

「そりゃすいませんね。ちょっと今、騎士団がピリピリしてるもんで」

明るい口調で彼は答えた。

「それにご主人様がたのご命令は果たしたあとですし。まあ、楽しまなかったとは言いませんけどね」

「よけいな口を叩くな」ぴしゃりと痩せた方が言った。

「ついてこい」

そのまま船室へと降りていく。若者はうす笑いを浮かべてあとに続いた。船室の扉が開くと、商人風の二人はくるりと向きを変え、若者に向かい合った。

「オリー・トレヴァーンが死んで、ロータス公は警護の人数を倍に増やしましたよ」

問われる前に彼は言った。唇はにやにや笑いに歪んでいたが、薄青い目は少しも笑っていなかった。

「お言葉通りゴーラの紋章の短剣をあとに残しときましたが、誰もゴーラの間者の仕業だとは思っちゃいない。まあ、ゴーラが手を出してくる理由もありませんしね。おもてむきは病死ってことでうまく丸め込んだようですが、まだ犯人の目星はついていないようですよ」

「怪しまれてはいないのか、ファビアン？」

太った方が聞いた。ファビアン——ドライドン騎士団の新入り隊員——は、にやりとして肩をすくめた。

「今のところ、誰も。うちの騎士団は頭目のカメロンが殺されたことでイシュトヴァーン王が目下のところの恨みの的ですよ。みんなイシュトヴァーンを殺しに今すぐクリスタルへ行きたがってて、僕が多少見当たらなくても気にもしてない」

「調子に乗るなよ、若造」痩せた方が唸った。

「とんでもない。ありがたいと思ってるんです。騎士団の印のおかげで、だいたいどこへでも自由に出入りできますしね。それで、今日お呼び立てのご用は何です？　僕もそう長いこと詰所を離れているわけにはいかないんですけどね」

太った方の男が船室の外へ消えると、ややあって、布に包んだ長いものを持って戻ってきた。ファビアンが布をほどくと、中から地味なこしらえの剣が一振り出てきた。

「どうしろっていうんです？　こんどはロータス公を殺せとでもいうんですか？」

「柄頭をひねってみるがいい」

ファビアンが言うとおりにすると、柄頭はぽろりととれて、中から奇妙なものが出てきた。全体はガラスの楕円形をした球で、中は中空になっている。細い金線が中を走り、赤や青のちらちらした光が音もなくまたたいて走り回っている。長さは指ほどで、大きさは手のひらにのるほどしかない。かすかな、歌うような唸りを発していて、手に載せると生き物のように身震いするかに思える。

「これは……何です？」

「お前が知る必要はない」

痩せた方がいった。

「それを持って、ライゴールのアンダヌス評議長のところへ行け。会議中の今なら、ヴァラキアに滞在しているだろう。アンダヌスがそれを見たら、これを渡せ」

細く巻いて封印をした羊皮紙を渡す。

「できうるならばボルゴ・ヴァレン王がいっしょの時がよい。ロータス・トレヴァーンがオリー・トレヴァーンの死で警戒している今が狙い時だ。二人にその品を見せ、羊皮紙の中身を読ませて、返事を受けとってくるがいい」

「不思議なしろものですね」手の上にのせた、きらめく品物をファビアンはためつすがめつした。

「変な感じだな、まるで生きてるような感じがする……」

「早くしまえ。おまえが手にしてよいものではないのだぞ」

太った方がきつい口調で叱った。ファビアンは肩をすくめて品物をまた元の剣の柄の空間に入れ、柄頭をはめた。羊皮紙を受けとり、上着の内側にしっかりとしまう。

「手にしてよいものではないのなら僕に渡すもんじゃないと思うけどなあ。……ま、いいでしょう。用はそれだけですか？」

「まだある。ドライドン騎士団として動くときに、できるかぎりほかの仲間となじむようにしろ。お前はまだほかの仲間からつまはじきされているという報告が入っている。信用されるようにできるだけのことをしろ。でなければお前をドライドン騎士団に入れた意味がない」

「僕は真面目にしてますよ。僕を嫌ってるのはあっちの勝手で僕の責任じゃない」

「それでもだ。お前を拾い上げてくださったご主人様方の恩をよく考えることだな。さあ、戻れ。渡したものを失うではないぞ」

ファビアンは冷笑に片方の唇のはしをつりあげ、大仰に胸に手を当てて礼をすると、踵をかえして船室をあとにした。


「ええい、アンダヌスめが！」

ボルゴ・ヴァレンはマントと冠を長椅子に投げだして叫んだ。

「まったく、アンダヌスめは何を考えているのだ。昨夜の話では俺に協力するようなことをほざいておきながら、あのように狂乱したアルミナの姿を皆に見せつけるような真似をするとは。ただでさえ劣勢だというのに、あれではまるで、俺が狂える娘の言いなりになっているようではないか！」

「あなた……」

寄り添ってきたデュアナ王妃が懇願するように手を重ねた。

「どうぞお怒りにならないで。アルミナは奪われた息子と夫のこととなるとまだ不安定になるのですわ。わたくしがもっとそばについていて、きちんととめるべきでございました。悪いのはわたくしですわ。あの娘《こ》を責めないでくださいまし」

「……責めている気はない」

ボルゴ・ヴァレンは何度か深く呼吸して気を取りなおし、王妃の手に手を重ねた。

「お前がよくやってくれていることはわかっている。可哀想なアルミナのこともな。俺が腹を立てているのはアンダヌスだ。あの男さえアルミナに話させようなどと言い出さなければ……」

会議は一時休憩に入っていた。話はおもにボルゴ・ヴァレンとロータス・トレヴァーンとのあいだでかわされ、クリスタル出兵を主張するボルゴ・ヴァレンのアグラーヤに対して、ロータス・トレヴァーンがあくまでも理詰めに、クリスタルは内陸部であって沿海州の海兵が役に立たぬこと、たといイシュトヴァーン王を討ち取るか、あるいはクリスタルから追い払いえたとしても、それでげんざいのゴーラを敵に回すことになりかねないこと、内陸部であるクリスタルを仮に抑えたとしても、海運を主とする沿海州にとって大きな利権とはなり得ないこと、などをじゅんじゅんと語り、ボルゴ・ヴァレンの翻意をもとめた。

論拠としてはクリスタル、パロへの友邦としての正義と、クリスタルを襲った魔道がいつか沿海州へも魔の手を伸ばすかもしれぬという点しかもたぬボルゴ・ヴァレンは防戦一方だった。さきの黒竜戦役の時にはモンゴールの脅威がいつか沿海州にも迫るやもしれぬ、という論法にも多少の現実味があったのだが、今回はそれが、魔道である。遠いキタイの、正体も明確でない竜王ヤンダル・ゾッグ、その魔道の産んだ竜頭兵、というだけでもまゆつばものだと思われるのに、それらが沿海州に影響を与えるかもしれぬ、とは、とうてい現実味を帯びては考えられぬ、というのだった。黒竜戦役の時には友邦としてともに手をたずさえた二国であったが、今回の会議では、アグラーヤとヴァラキアのあいだには合意が成立しそうになかった。

「陛下」

「おう、爺《じい》か」

デュアナ王妃が出ていって、長椅子に身を投げるように横たわったボルゴ・ヴァレンのところへ、入ってきたのはダゴン・ヴォルフであった。沿海州会議の議長であり、ボルゴ・ヴァレンを息子のようにいつくしむ忠臣でもあるダゴン・ヴォルフは、身を起こしたボルゴ・ヴァレンを気づかうように歩を進めた。

「だいぶ、お疲れでございますな」

「なにしろ、ロータス・トレヴァーンを相手にしているからな。疲れもしようさ」

「公は厳正なおかたゆえ、たとい陛下が相手であっても、手抜きなどはなさらぬでありましょうからな。……が、このダゴン・ヴォルフも、少々うかがいたいことがございます、陛下」

「…………」

「なぜそれほど、クリスタルへの出兵に固執なさるのでございます。……議長として偏りのない姿勢を持たねばならぬとはわかりつつも、こたびの会議、ロータス公のほうに理の道があるように爺には思われまする。魔道などという、さだかならぬものをたてにして言い立てても、人心を動かすことはできませぬでしょう。黒竜戦役の時とはわけがちがうのです。アルミナ姫様の嫁入られた国を守るという理由にも、そのアルミナ様が心身を壊して戻ってきておられては説得力をなくします。いったい何故に、それほどクリスタルへの出兵を目指されるのか、それをお聞かせ願いたい」

「……爺は、さきの黒竜戦役の会議のおりに、クリスタル公の話をしたことを覚えているか」

「は？　はあ……数年も前のことゆえよう覚えませぬが、確か、これからの時代は海を制するものの時代だ、と、そう言っていたという話ですかな。さもなくば、まったく新しい輸送の方法を開発したものが勝者となる……鳥のように空を飛ぶか、あるいは、一瞬にしてどこへでも身を移し得るか——と……」

「あのとき、俺は笑った。トール・ダリウもカルス・バールも笑ったが、爺、パロ、いやクリスタルには、実際にそのような機械があるのだ。俺もアルミナから聞いたときは耳をうたがったが、レムスとリンダの双子は、その機械によってクリスタル・パレスから一瞬にして遠くルードの森まで身を移したというのだ」

「そのようなことが……」

「しかし、真実でなければとつぜんレントの海に姿を現した双子のことをどうとらえる。クリスタル・パレスの地下にその古代機械はねむり、パロの王族にのみ操作方法が伝えられて、いまもひっそりとパレスの地下にあるという」

「……………」

「なあ、爺、俺は思うのだ。もしその機械をこの手にできれば、と。もしその機械を手に入れ、その秘密を解することができれば、アグラーヤは、ほかの沿海州国家をはるかにこえて先に立つぞ。アルミナにもパロ王家の血は入っているのだ、その操作方法を受けつぐことができんとはかぎらん」

「……………」

「会議は劣勢だが、俺は、もう否決されてもいいとひそかに思っている。そうすれば、アグラーヤ一国でその古代機械を占めることができようからな。いや、むしろ会議にかけたのは、この出兵をおおやけのこととして、アグラーヤが堂々とクリスタル入りすることを周囲に認めさせることにあったやもしれぬ。四カ国海軍が合流しなくともよいのだ。クリスタルの物見をさせて、イシュトヴァーン王が使っていたという竜頭兵なるものがどのようなものかはよっく確かめねばならんだろうが、その見通しさえつけば、クリスタルへ入り、パレスの地下にあるという古代機械をめざして進軍したいと思うのだ」

「……陛下のお考えはわかり申した」

慎重にダゴン・ヴォルフはこたえた。

「が、それでも、やはりゴーラのいらぬ注意をひくやもしれぬこと、古代機械といううえたいのしれぬものを目当てに遠征することの危うさを、爺は思わずにおれませぬ」

「それは、そうだろう。物見は周到にさせねばならん。俺とて魔道の産物やらいう竜頭兵とやらを相手にしたくはない。目当てはあくまでも古代機械なのだ」

ボルゴ・ヴァレンは両の拳をかたく握りあわせた。

「そのような状況でなぜ、イシュトヴァーン王がクリスタル・パレスに居座っているのかだな。王は今のところパロ全体の制圧には動いていない。ただパレスにいて、リンダ女王を押さえているだけだ。パロの征服を目指しているのならすぐにパロ全土に軍隊を派遣して制圧するのがイシュトヴァーン王のやり方だろう。それをしていないということは、イシュトヴァーン王はパロという国家そのものには大きな関心を持っていないと言うことだ……」

「クリスタルを蹂躙したのは、いわばイシュトヴァーン王の——その、独断専行だという意味ですかな」

ダゴン・ヴォルフは首を振った。

「仮にも王に対して妙な表現ではありますが。——つまりクリスタル蹂躙は国家としてのゴーラではなく、あくまで、イシュトヴァーン王個人のやったことだと？」

「そう思う。であれば、駆けつけてきた宰相のカメロンをイシュトヴァーンが殺したのもわかる。あまりに勝手で無謀な行動をいさめられたか何かで、かっとなったのだろう。もっとも、そのおかげで、ゴーラ本国はげんざい混乱している。あの国はカメロン一人の手腕で保っていたところがあるからな。

加えてイシュトヴァーン王がいないとなれば、ほとんど身動きなどとれないだろう。イシュトヴァーン王さえ討ち取ることができれば、ゴーラは無力だ。上に立つもののいない軍など烏合の衆でしかない」

「しかしイシュトヴァーン王は悪魔のような男だと聞き及びます。十重二十重の囲みをも斬り破って抜け出す剛の者だとも。もし討ちもらして国に戻られたら、それこそゴーラが沿海州めざして押し寄せてきますぞ」

ボルゴ・ヴァレンはむっつりと黙りこんだ。

イシュトヴァーン王とその背後にいるゴーラの脅威は、彼にとっても頭のいたい問題だった。王が不在で、宰相を失ったとはいえ、その軍事力は強大である。もしイシュトヴァーン王を討ち取ることができたとしても、王の復仇を叫んだ軍団が沿海州に殺到してこないとはいえない。

心のぐらつくのを覚えた。もとより彼はよい王ではあるが英雄ではない。父である前王から引き継いだ国をまずまず大過なく治めてきたというだけで、大きな決定には常に、武のトール・ダリウ、政のカルス・バール、そして何よりも知恵袋の宰相ダゴン・ヴォルフ伯がいてこそだった。トール・ダリウにも、ダゴン・ヴォルフにも反対される出兵が、はたして正しいものなのか。

しかし古代機械に近づくことを考えるといまをおいて機会はない、とも思える。

黙してしまったボルゴ・ヴァレンに、ダゴン・ヴォルフはさとすように、

「その古代機械とやらいうものも、手に入れたところで扱えるかどうか、わかりはしますまい。あのパロが三千年のあいだ抱えていて自由にできなかったものが、短日月のあいだに他国者のわれわれによう御せるとも思えませぬ。アルミナ様のお恨み、お悲しみ

はこの爺よう存じておりますが、やはりこのたびの出兵は思いとどまっていただいた方がよろしいように考えます」

ボルゴ・ヴァレンは黙ったままだった。ダゴン・ヴォルフは白髪頭をうやうやしく下げて一礼すると、衣擦れの音を立てて、しずしずと退室していった。

4

「では、評決をとる。準備はよろしいか」

　ダゴン・ヴォルフの重々しい声が朗々と響きわたった。

　会議は再開され、その終わりに近づいていた。出席者はそれぞれの席で腕を組み、あるいはねむそうに半眼になり、足を投げだしてだらりと椅子によりかかったりして、おのおの疲れた顔を会議場の大卓の周囲にそろえていた。

　ボルゴ・ヴァレンはわずかに血走った目をして卓の下座にひかえていた。軽く握った両手を卓の上にのせて、石のように身動きもしない。

　ヴァラキア公ロータス・トレヴァーンは男らしい顔に沈着な表情を浮かべてじっと目を伏せ、レンティアのイーゴ・ネアンは落ちつかなげに背中を丸めて爪をかんでいる。イフリキアのコルヴィヌスはむっとした空気にぐったりとしたようすで口を開けて息をし、トラキアのオルロック夫妻は二人で頭を寄せあってひそひそと何か話している。海人族の長のケンドル兄弟は退屈そうにひげを抜いている。そしてライゴールの市長にして評議長のアンダヌスは、巨大な頭をかたむけて、ぶあついまぶたの下から目をしろくひからせてひそかに会議場をうかがうていである。

「ヴァラキア公、ロータス・トレヴァーン殿」

「反対する」

ゆっくりと、釘を打ち込むように言い切られた言葉に、ボルゴ・ヴァレンの身体がぴくりと揺れた。

「レンティア王太子、イーゴ・ネアン殿」

「は、反対だ」

「トラキア領主、オルロック伯」

「反対」

「イフリキア総督、コルヴィヌス殿」

「私は——私はそのう、こうした自体には常にもっとも安全な策をとるべきと考えている。クリスタルに加えられた暴虐については怒りを禁じ得ないが、しかし——」

「発言ではなく、賛成か反対かを、コルヴィヌス殿」

「では——反対」

ボルゴ・ヴァレンの手がぎゅっと固く握りしめられた。

「海人族の長、ハズリック・ケンドル殿」

「反対する」

「ライゴール市長、アンダヌス殿」

「さよう――」

アンダヌスは白々と光る目であたりを見回し、ボルゴ・ヴァレンをちらりと見やってから、肩をすくめて、

「いまさら賛成に投じても意味もあるまいが――まあ、反対、としておこうか」

「では」

ダゴン・ヴォルフは重々しく片手を上げて、

「全員一致の結論により、今回の議題は、否決されたということで。よろしいかな、ボルゴ・ヴァレン殿」

操られるような動きで立ちあがったボルゴ・ヴァレンは、ぎくしゃくと頭を下げ、

「わざわざご足労いただいた皆様に、敬意を表する……」

絞り出すような口調でいった。低い声は感情を押し殺したものであった。ボルゴ・ヴァレンは長いあいだ頭を下げたまま、しばらく、身動きもしなかった。

「陛下」

会議場から靴音を鳴らして戻ってきたボルゴ・ヴァレンを、トール・ダリウが、なか

ばほっとしたように迎えたのは会議の控えの間でのことだった。

「議題が否決されたことはダリウも残念に存じます。が、しかし、これは当然の帰結というもので、やはり少々、ご無理が過ぎました。クリスタルは遠うございます。ましてや、ゴーラの反攻を受ける事態になるかもしれぬ出兵には、やはり、反対となるのも致し方ないかと……」

「言うな、トール・ダリウ」

みじかく言って、ボルゴ・ヴァレンは疲れはてたように椅子に身を投げだした。

「ロータス・トレヴァーンも、お前も、ダゴン・ヴォルフも、みなやっきになって俺を止めようとする。そこまで言われれば、俺とて自分が少々先走りすぎたのかくらいはわかるつもりだ」

片手で目を覆って背もたれに身をのばす。

「だが、古代機械……、やはり気にかかる」とひとり言のようにつぶやいた。

「いまを逃せばおそらく近づくこともかなわぬことは確かだ。一瞬にして身をある場所から別の場所へうつす機械――そんなものがあれば交易には巨大な変革が訪れよう。アグラーヤはほかの国にはるかに先んじることになる――アルミナ。彼女も哀れ《あれ》なものだ――だがパロ王族の血はあれにも入っている――もし、古代機械を手に入れ得たなら……」

コツコツと扉が叩かれた。トール・ダリウが扉のところまで行って「誰だ」と誰何した。

「ライゴールのアンダヌス様でございます」先触れの小姓の声が応えた。

「ボルゴ・ヴァレン陛下とお話がしたいと、しばし時を頂けないかとのことです」

「アンダヌスですと」

「アンダヌスめ、すべて終わったあとに何用だ」

ボルゴ・ヴァレンはぐいと起き上がって身体にマントを引き寄せた。

「昨晩話し合ったときには俺に賛成するようなことをにおわせておったくせに、反対へ回ったことへの言い訳でもしに来たか。いいだろう。入れてやれ」

「私は、さがりましょうか」

「いや。いてくれ。あのがまがえるめ、たっぷりととっちめてやるわ」

ボルゴ・ヴァレンは椅子に座り直し、怒ったような手つきで髪をなでつけた。扉が開き、アンダヌスが、ゆるやかなトーガ姿で悠然と姿を見せた。

「ああ、ボルゴ・ヴァレン殿。先ほどは、まことに残念でしたな」

「残念、とおっしゃられると痛み入りますな」

嫌みたらしく言いながら、とりあえず椅子を勧める。勧められた椅子に、アンダヌスは落ち着き払った物腰でどっしりと腰をおろした。

「ふむ、まあ、どちらにせよライゴールは永世中立都市。どのようないくさにももめごとにもかかわらぬゆえ、賛成しようと反対しようとあまり関わりはなかったと思うが」

「昨夜は、そのようなお話ではございませんでしたな」

ボルゴ・ヴァレンは、さすがに全会一致で否決されたことをくやしく思っていないわけではなかったので、いささかきつい口調になるのをどうすることもできなかった。

「それともあれは私の思い違いでしたかな。クリスタル出兵に関する事情は心より承知している、自分にも是非その手伝いをさせてほしい、というのは」

——おかげで、どんな企みがあるのか逆に心配になったくらいだったぞ。

言葉の後半部分は声に出されなかった。ボルゴ・ヴァレンは悠揚迫らぬようすのアンダヌスを睨みつけた。

「いや、いや、思い違いなどではない」

ゆったりとアンダヌスは巨大な頭を左右に振り、

「ボルゴ・ヴァレン殿の御心はこのアンダヌスよくわかっている。それゆえ、いまもこうして面会に来たのだ。……ボルゴ・ヴァレン殿には、傭兵を雇い入れる呼びかけをすでに行っておられると思ったが、記憶違いだったかな」

「確かに集めている。もしアグラーヤ独力でクリスタルに出兵することになった場合に、陸兵の力が足りぬのは明らかだからな。もっとも、それもあやしくなったが……」

「その傭兵を雇い入れる資金を、お貸ししようと思うのだ」

いきなり、ぴんと空気が張りつめた。ボルゴ・ヴァレンは唇をひきしめて座り直し、トール・ダリウは身を固くしてアンダヌスを睨みつけた。

「それは、ライゴールがか？」

「ライゴールは関係ない。私の私的な財産からな」

アンダヌスはぶあついくちびるをゆがめてにったりと笑った。

「ライゴールは永世中立、他国のいくさに力を貸すわけにはいかん。だがわし一個人が、ボルゴ・ヴァレン殿に協力するのは何も問題なかろうよ」

「それはありがたい、が、何故」

するどくボルゴ・ヴァレンは問い返した。

「パロ、クリスタルは内陸の地、協力したところでライゴールに見返りがあるはずもない。それにもかかわらず、私に金を貸し付けてくださるとおっしゃるのかな。しかも、御自分のふところから」

アンダヌスは身をゆすって笑った。

「その通り。……なに、なにもアグラーヤをのっとろうなどとは考えておらぬから安心なさるがよい。わしはいわば投資をしようというのだ、ボルゴ殿のクリスタル行きに。そこで見いだされる秘密に対して、先払いの金を払っておこうというのだよ」

「秘密――」ボルゴ・ヴァレンはぎょっとして口をつぐんだ。それを、アンダヌスのがまのように光る目がねぶるようにじんわりと見つめる。

「秘密とは、なんのことだ。私はクリスタルを――」

ボルゴ・ヴァレンが声を荒らげたとき、

「ライゴール市長アンダヌス殿、アグラーヤ王ボルゴ・ヴァレン殿ですね」

新しい若い声がした。トール・ダリウがすばやくナイフを抜き、戸口に向かって身構えた。刃を向けられた相手は数歩さがって、おしとどめるように両手を挙げ、「よしてくださいよ」と言った。

「僕はただ、アンダヌス殿と、そうですね、ボルゴ・ヴァレン殿にも、お見せしたいものがあって送り込まれてきたものです。ああ、外にいた小姓には少し眠ってもらいましたよ」

いつの間に入ってきたのか、誰も気づいていなかった。金髪を短く刈り、ひょろりと長い手足をしたその青年は目立つ中高の鼻をしていた。

「王、お下がりを」ナイフをかまえたままじりじりとトール・ダリウが二人の間に割って入る。

「待ってくださいよ、僕はおふたりに何もするつもりはありません。ただ、お渡ししたいものがあるだけです。ほら、これを」

剣の柄に手を当て、トール・ダリウがナイフを上げるのにもかまわず、柄頭を外して中のものを手のひらの上にすべり出す。

赤と青の光が金線の上をきらきらと行き来する、その指の長さほどのガラス製の物体を見たとき、アンダヌスの目はかっと見開かれた。

「なんだ、それは」

ボルゴ・ヴァレンはトール・ダリウにかばわれつつも前に出ようとした。

「近づいてはなりません、王」

「貴様は誰だ」

アンダヌスの巨体から、聞くものを震え上がらせるような低く太い声が出た。

「なぜそんなものを持っている。貴様、何者だ」

「何者でもありませんよ。ただ、あなたにこれを渡すように命じられただけでね、アンダヌス評議長。近づいてもかまいませんか？」

トール・ダリウは迷うようにアンダヌスと若者を見比べ、主人に指示を求めるような視線を投げた。ボルゴ・ヴァレンは一瞬考え、トール・ダリウに下がるよう合図した。

トール・ダリウは油断なくナイフをかまえたまま数歩後退した。若者はばか丁寧に一礼すると、前に進んで、うやうやしくアンダヌスの前にその品を差し出した。生きているように輝き脈動する、ガラス製の円筒。

アンダヌスはそれを手に載せられると、びくっと震えたようだった。ふだん、ほとんど感情というもののあらわれない顔に、何かひどく激しいものがちらりとよぎってすぎた。目の近くへ持ってきて、すかすようにして隅から隅まで眺めまわす。膝の上におろした手は、それとわからないほどわずかに震えていた。

「お前。これを、どこから持ってきた」

「僕は知りません。ただ、これをあなたに見せて、返事を受けとってくるよう言われています。こちらを」

胸元をひらいて細く巻いた羊皮紙を出し、差し出す。アンダヌスは、まだ少し震えている手で受けとると、封を切って開いた。中身を読み下すにしたがって、肉の余っただぶだぶした顔が、しだいしだいに赤らんでいく。

「アンダヌス殿、いったいどうしたのだ。それはいったい何なのだ」

ボルゴ・ヴァレンが叫ぶと、アンダヌスは顔を上げてボルゴ・ヴァレンを見た。その底知れぬ目にちらといらだちか、何かが走ったように思われたが、そのまま、羊皮紙をボルゴ・ヴァレンに渡してよこした。

まさか渡されるとは思っていなかったボルゴ・ヴァレンは、思わず取り落としかけて羊皮紙を受けとった。一読して、はっと息を呑む。アンダヌスが握っているガラスの筒の輝きに目をやり、それと羊皮紙の内容とを何度も見比べる。

「それで、返事は頂けますか？」

あくまでのらくらした調子で若者が言うと、アンダヌスはむっつりした顔で巨大な頭を振った。

「すぐにはできぬ。お前の主に言うがいい、この品をどこで、どのようにして手に入れたかを聞かされぬうちは、なにも応じることはせぬとな」

「なるほど。ま、いいでしょう、それもひとつの答えだ」

「王、どうなさいました。いったい何が書かれているのです」

トール・ダリウが身を寄せてくる。ボルゴ・ヴァレンは息を吸い込み、羊皮紙をくしゃりと握りつぶした。目はアンダヌスと、その手の中にきらめいているガラス筒から離れない。

「アンダヌス殿、これは――」

「どうやら、ボルゴ・ヴァレン殿、おぬしとはじっくりと話をせねばならぬようだ」

アンダヌスは突き出た口ににがにがしげなものを漂わせて呟いた。

第三話　王子と騎士と

1

足の下で枯れ葉が音を立てた。

アストリアスは馬の口をうわの空で撫でながら目の下の開けた場所を見下ろしていた。そこでは、扉をひらいた馬車を中心にして十人ほどの人間が集まり、思い思いに膝をついたり両腕を差し出したりしていた。馬車の中で動きがあり、アリサ・フェルドリックがヴェールをかけた姿で顔を出した。彼女は腕に幼児を抱いており、それを一同に差し出すようにすると、おお、というどよめいたものがアストリアスのいるところまでたちのぼってきた。アストリアスは背を向けて、林の中に入った。

カダインの近郊の森の中だった。カール河を下ってヒーラに達した一行は、アリオンとホン・ウェンが本隊を置いているカダインへと近づいていた。

カダインからオーダインにかけては、やせた地味のモンゴールの中では貴重なガティ麦のとれる穀倉地帯である。周囲には小村や集落も多い。補給や換え馬の入手のために、村へはいることもある。

アリオンは、それらの村々で信用できると感じた相手に、ドリアン王子を引き合わせることを許していた。山がちの田舎の、純朴なモンゴール人にはいまでもアムネリス大公への忠誠心が強い。イシュトヴァーン・パレスから連れ出してこられたというドリアン王子に面会すると、多くの者が涙を流し、平伏した。

イシュトヴァーンのアムネリスへの仕打ちとその後の死は根強い恨みとなって残っており、アムネリスの息子であるドリアン王子は父親の息子よりは母親の息子として見られた。ドリアン王子に面会した村人や土豪は、食料や馬を出すだけではなく、その場で武器をとって軍に加わることを申し出るものもいた。そうした者を受け入れることで、二手に分けたことで減っていた軍勢は徐々に増え始めていた。二百ほどだった数は五百ほどに増え、カダインに入るまでには千の大台にのりそうな勢いを見せていた。

さらにホン・ウェンは、イシュトヴァーンの過去の罪状や真の身の上などをビラにして、ひろく各地に撒いていた。ヴァラキアの貴族の子などではなく、誰ともわからぬ娼婦の子であること、赤い街道で盗賊を働いていたこと、ノスフェラスでモンゴール軍を裏切って軍を大敗させたことなどをこまかく書きつらね、さらに、ふらりと国を出たきりいつ帰るとも、いつまでいるとも言ってよこさぬ王が、王とよべるのかとほのめかしていた。

（――ドリアン王子を、ゴーラ王に……）

まだアリオン伯はその提案を受け入れるまでには踏ん切りがついていないようだったが、ホン・ウェンは確実にそちらの方向へと布石を敷いていた。もともとモンゴール国内ではアムネリスへの仕打ちもあってイシュトヴァーンへの反感は強い。

イシュトヴァーンがドリアンをいったんモンゴール大公としたことでその反抗心もおさまったかに見えたが、いずれにせよそれも、ゴーラの肝いりということであれば、モンゴールがゴーラの膝下におかれているのは同じである。以前と同じく、モンゴールの完全な自主独立を望む民たちからは、ゴーラの紐付きの、名のみの独立などいらぬという声すらきかれた。

ドリアンを王に推したてるということが彼らの望みを叶えることなのか、アストリアスにはわからなかった。それが正しいことなのかどうかも。以前の彼であれば、一も二もなく賛成していたにちがいなかったが、いまの彼は、そうまっすぐに結論へと飛び込むことはできなかった。

（……あの子供、スーティ――弟、と言っていた……）

魔道師らしき老人と、巨体の若者に守られていた幼児。以前、イシュトヴァーンへの意趣返しの胤として誘拐しようとしたこともあったあの子供が、とつぜん現れて、ドリアンを連れていこうとしたのだ。『弟をいじめる、悪いやつ』といって。

混乱しながらもアストリアスは必死にドリアンを守ることを子供に約束した。いまになってその約束が、妙に重く心にのしかかる。それはアリサ・フェルドリックの言葉のせいもあっただろうか。『あなたも、このお子をいつくしんでいらっしゃる。そうではないのですか』という言葉とともに。

もしゴーラの幼王として押し立てられることになれば、ドリアンは自らの父と骨肉の争いを繰り広げることになるのだ。けっして愛されているとは言えず、むしろ拒否されているに近い父ではあっても、父にはちがいない。それは、ドリアンにとってよいことなのだろうか。大人の都合によって王座につけられ、父と争う、それが、彼にとって幸福なのだろうか。

いくども考えたことがまた頭をぐるぐると回る。王子のまつげの濃い、くっきりした瞳とその母の緑玉《エメラルド》のような瞳が交互に浮かびあがって自分を責めるように感じられる。ドリアンを守るとは、どういうことなのか。どうやれば、自分はドリアンを守れるのか……

「アストリアス」

足を止めると、木々のあいだからアリオン伯が早足に歩いてくるところだった。

「アストリアス、ちょうどよいところに出会った。村から軍に入ることになった若者らの装備を手伝ってやってくれ。みな武器は持っているが、まちまちすぎて使い物にならん。ある程度、腕前を確かめてどの部隊に編入するかを考えてくれ」

　はっ、と応えて行きかけたが、そこで足が止まった。アストリアスはアリオン伯に向き直り、「伯」と呼びかけた。

「伯はほんとうに、ドリアン様をゴーラ王として推されるつもりですか」

「うむ？」向こうに行きかけていたアリオンは足を止め、髭をひねってむずかしい顔をした。

「そうか、あの席にいて聞いていたのだったな、お前は。……まだ、わからん。ドリアン殿下を王にお立てしたとしても、はたして人民がついてくるかどうかはそう簡単な問題ではない。オル・ファンは自信を持っているようだが、イシュトヴァーン側の勢力とまともにやりあえるだけの力が集まるとは必ずしもいえん。ゴーラ国内が割れるのはよいが、それに巻き込まれてモンゴールまで荒れることになっては元も子もない」

「ドリアン様では力不足だと？」

「年がな。なにしろ、幼い」

　アリオンはにがい顔をした。

「なにしろ、まだ幼児だ。せめて十七、八歳くらいにでもなっていればためらいなく乗ったのだが、幼児が王では頼りないと思われても仕方がない。トーラスからマルス伯を呼びよせるにしても、本人が幼いのはどうしようもない」

ため息をついて、

「とはいえ、オル・ファンの提案には心が動くのも確かだ。もうしばらく考えるさ。イシュトヴァーンを王座から逐うのならば、いずれ出てくる問題ではあるしな」

「それで、よいのでしょうか」

「なに？」

「はたして、それが正しいのでしょうか……ドリアン様を王にすることが……？」

「どうかしたのか、アストリアス」

けげんそうにアリオンは首をかしげてアストリアスを見た。

「何か気になることでもあるのか？　妙に沈んでいるように見えるが」

「……いいえ。なんでもありません。失礼いたします」

アストリアスはそこを離れてゆるい下り坂を下りていった。先ほどアリサが村人たちとドリアンを引き合わせていた開けた場所に、十四、五人の十代から四、五十代の男たちが群れていた。すでに何人かの騎士たちも来ていて、それぞれが持ってきている武器や古い鎧などを確かめている。

アリオンのいったとおり、彼らの身につけてきているのは実にさまざまで、それなりに使えそうな剣と古びた革の胸当てをつけたものから、薪割り用の斧に綿入れの上着を巻きつけてきたものまでいた。興奮して斧を振りまわす男からなんとか斧を手放させ、虫の喰った綿入れを脱がせて、従士用の胸当てと剣を持たせる。少し剣を振らせてみて、部隊のどこに入れるか考えていると、ハラスが身体を揺らしながらゆっくり近づいてきた。

「ご精が出ますね、アストリアス」

アストリアスは黙って礼をした。ハラスは杖を手に、少し息を切らしながらアストリアスの隣に並んだ。頬が紅潮し、目が明るく輝いていた。

「すばらしいじゃありませんか」とうっとりしたように言う。

「モンゴールを愛する民がドリアン王子の名のもとに集まってくる！　あのイシュトヴァーンもきっと肝を冷やすことでしょうよ。本来ならばゴーラ王どころか、モンゴールに足を踏みいれることさえはばかるような人間のくせに、厚顔にもサウル皇帝を利用して玉座に就いたのですからね。モンゴール大公家の正しい血筋をついだ王子さえいれば、今後もきっと、このように勇敢な民人がつぎつぎと立ちあがるに違いありません」

「すると」とアストリアスはハラスの顔を見つめた。

「ハラス殿は、ドリアン様がゴーラ王として名乗りを上げられることに賛成なのですか？」

「ええ、もちろん」

上気した頬で、ハラスはアストリアスにほほえんだ。

「玉座に就くべきはモンゴール大公家の正統な血筋を受けついだお子です。あのようならず者などではなく。まだ幼くはあられますが、それもお側の者がきちんと後見すればよいことです。何より、こうして名前をしたって民が集まってくるそのことこそ、正しき王の印というものではありませんか」

アストリアスは胸にこみ上げるものを感じたが、それは形にならないまま胸の内側で渦を巻くばかりだった。ハラスは浮き浮きとそばに立ち、男たちに声をかけて名前を聞いたり、装備を褒めたりしている。耐えきれなくなって、アストリアスはそっとそばを離れ、別の男の相手をしに行った。頭の後ろがじんじんとしびれて重かった。

男たちの配置をあらかた済ませてしまうと、すでに夕暮れだった。野営の煙があがりはじめ、そこここで兵士たちがかがみこんで兵糧の乾ヴァシャをかじったり、剣に磨きをかけたりしている。アストリアスは自分の馬のところに戻り、鞍袋から焼き固めたガティ麦の固パンと葡萄酒の袋を取りだした。

仮面を半分あげ、背中を丸めてとぼしい夕食をむさぼっていると、一時消えていたゆううつな思いがまたもどってきた。ドリアンを守る。守る、とは、どういうことなのだろう。肉体的に守るだけではなく、大人たちの陰謀からも、守ってやるのが守ることとな

のではないだろうか……。

アリオンはまだ決めかねているとはいえ、オル・ファンの提案には心の動くものを覚えている。ハラスは完全に乗り気だ。そしてオル・ファンは受け入れられる受け入れられないにかかわらず、すでにドリアンを王とする方向へ着々と線を引いている。

このままにしておけば、ドリアンはいずれ父と骨肉の争いをする方向へと追いやられてしまうだろう。

自分は、それをとめるべきなのか、それとも静観すべきなのか。国のために、愛した女《ひと》の息子が陰謀の渦に巻き込まれ、翻弄されるのを見て見ぬ振りをすべきなのか——。

夕食を取ってしまうと、ごろりと寝そべって空を見上げた。暮れた空は紫と藍色のなだらかな階調になり、まだ月の出ない空に星がぽつぽつと光りはじめていた。頭の中で争う二つの声を聞きながら、アストリアスは目を閉じた。眠れそうになかったが、夜中の歩哨の時間が巡ってくるまで、少しでも身体を休めておくつもりだった。

——夢を見た。夢だとわかっていて見る夢だった。

自分は十年近く昔のパロに戻って、短剣を手にそろそろとパロの宮殿の中を歩いていた。誰に剣を持たされたのかは思い出せなかったが、これから自分がすることはわかっていた。自分はサリアの塔へ行き、そこで行われている結婚式の花婿を、この手で刺し殺すのだ。そして花嫁を奪って逃げ出す。いやな男とむりやり結ばれて、泣きの涙でいるにちがいないかわいそうな花嫁。自分はその花嫁を助けに行くのだ。この短剣は正義の短剣だ。花嫁を守るために自分は行くのだ……

いつのまにか暗いところに入り込んでいた。細くあいた幕の隙間からざわめきが聞こえる。儀式が行われているのだ。幕をはね上げ、光の中におどりでて、剣をふりあげる。思い知ったか、悪党めが。さあ、手を、――様、私とともに逃げましょう。お助けにまいりました。

どうなさったのです。なぜ震えていらっしゃるのです。私はあなたを助けに来たというのに。

助けに来たのですよ、――様、あなたを守りに来たのです、どうぞお手を、――様、私とともに、さあ！

そのとき、アストリアスは自分が前にしているものに気づいた。目の前に倒れているのは花婿ではなく、花嫁だった。かっとむきだされた大きな緑玉の瞳が、責めるようにこちらを見つめていた。

喉を恐怖のかたまりが突きあげた。

声もなくあとずさると、足に何かが当たった。ごろりと動いたそれを振りかえると、黒髪、緑の目の幼児が、投げだされたように倒れていた。

ドリアン、と喉をつかまれたように思った瞬間、ぐるりと世界が回転した。

前に倒れているのは、花嫁ではなくドリアンだった。短剣から冷たい血が静かにしたたっていた。血が緑色の影をおとしてじわじわと広がりつつあった……。

はっと目覚めると、汗が血のように額を流れていた。眠っているあいだに強く握りしめたらしく、両手の爪が深く手のひらに食いこんでいる。歯も食いしばっていたらしく、あごの継ぎ目がひどく痛かった。

胸が全力疾走したあとでもあるかのように拍《う》っている。身を起こし、目の中にまでしたたり落ちてきた汗を拭うと、目がひりひりした。ドリアン、と彼は思った。

ドリアン王子。アムネリス様。

俺が守るはずだった。

しばらく呆然と座りこんでいると、その時、遠くからかすかな悲鳴が届いた。

全身の感覚がよみがえった。アストリアスははじかれたように身を起こし、走り出した。悲鳴と争うような物音が続いている。気づいた歩哨や目を覚ました兵士たちがそばを通りすぎていった。

アストリアスは馬車の止められている木立へ走り込んでいった。叫び声が響き、せわしなく走り回る影が躍った。馬車の扉はあいており、ひとりの男が、上半身を中にいれて何かしている。周囲には殴り倒されたらしい兵士が数名伸びていた。

「何をしている！」

アストリアスが怒鳴りつけると、男ははっと向き直ってこちらを見た。顔を見て、アストリアスはそれが先ほど自分が薪割りの斧と綿入れを取りあげた村の男だと気がついた。男は片手にドリアンを抱え、動物のように牙をむいていた。ドリアンは火のついたように泣きわめいている。

「アストリアス様！」

馬車の中からアリサが這うように出てきて馬車の扉の縁につかまって身体を支えた。

「ドリアン様を……ドリアン様を、その男が！」

震える指が男を指さしている。アストリアスは走ってきた勢いを殺さず、思いきり肩から男にぶつかっていった。男は剣を抜こうとしていたが、それより早く、アストリアスの渾身の体当たりをくらってふらついた。腕がゆるんでドリアンがすべり落ちるのを、地面に落ちる寸前に受け止める。泣きじゃくるドリアンを腕にかかえ込み、後ろ手にアリサに渡した。アリサは飛びつくようにしてドリアンをしっかり抱きしめた。

男は罵声を発して剣を抜いた。アストリアスも剣を抜こうとして腰をさぐったが、眠るときに剣をはずしたまま、置いてきてしまったことに気づいた。

相手が剣を持っていないことに気づくと、男は歯をいっぱいにむき出して嗤《わら》った。剣をひらめかせて飛びかかってくる。

「中に入っていなさい！」

ドリアンを抱きしめているアリサに向かって怒鳴る。アリサは転がるように馬車に入って扉を閉めた。アストリアスはもう一度身を低くして、振りまわされる剣の下をくぐり抜けて思いきり相手の腰に体当たりした。男はよろめき、何か叫びながら剣の柄でアストリアスの頭を殴った。がつんと音がして視界が泳いだ。アストリアスは歯を食いしばり、必死に相手の腰にしがみついて、もがく足を地面に縛りつけた。

ざわめきと叫び声がして、数人の兵士が走り込んできた。もみ合っているアストリアスと男を見ると、わっと声をあげて四方から男に組みついた。アストリアスはもぎ離されるように男からすべり落ち、地面に尻をついてはげしく息をついた。男は腕をねじ上げられて剣を奪われ、土面に押さえつけられた。這いつくばった姿で、聞くに堪えないことをわめき散らしている。

「どうした。何事だ」

アリオン伯が駆け込んできた。取り押さえられた男と、息をついているアストリアスを交互に見る。

「その男がドリアン王子を奪取しようとしました」

息をととのえながらアストリアスは指をさした。

「昼間、村人の中に混じっていた男です。私が調べて装備を渡しました」

「王子を奪おうとしただと？」

　アリオン伯の顔が膨れあがるように見えた。押さえつけられた男のところへ行くと、アリオン伯はかがみ込み、男の髪をつかんでむりやり顔を上げさせた。

「貴様、なんのつもりだ？　ゴーラの間者か？　殿下にもしものことがあったら、どうなるかわかっているのだろうな！」

　髪をつかんだままがくがくと揺さぶる。男は四肢をすっかり押さえつけられ、剣を喉元につきつけられると、すくんだ様子で顔を引きつらせている。アリオン伯は投げだすように髪を離すと、「連れていけ」と命じた。

「ただし、殺すなよ。ゴーラの者か、それともそうでないのか、じっくりと話をさせてやる」

　こづかれながら男は引きずるように立たされた。兵士に囲まれて引き立てられていくのを見送って、アストリアスはようやく立ちあがった。アリオン伯が近づいてきて、肩に手を置いて軽く揺すった。

「駆けつけたのはお前か、アストリアス」

「先に駆けつけた者もいましたが、不意を打たれて気を失っていたようです」

「そのようだ。たるんでいるな。もっと訓練を徹底させねば」

　気絶して伸びている兵士を運んでいく同僚たちを眺めながら腹立たしげに言う。馬車に近寄り、扉を叩いて、

「アリサ殿、ご無事か？　王子にお怪我はないか？」

「は、は、はい」

扉が細く開いて、中からアリサが顔をのぞかせた。まだ反っくり返って泣き叫んでいる王子をしっかりと両腕に抱いている。

「申しわけありません、とつぜん押し入ってこられて、わたし、どうすることもできずに……あっという間に王子をひったくられてしまったのです」

「むりもない。そなたは女人だ。あのような危急の場合に争うことなど思いも寄らないだろう」

泣いている王子にちらりと目を落としてかすかに眉をひそめ、

「できるだけ早く泣き止んでいただくようにな。声を聞きつける者がいるかもしれん。大丈夫だとは思うが、用心に越したことはない」

「はい。心得ております」

心配そうに王子を揺すり上げながら、アリサはまた馬車の中へ入って扉を閉めた。王子の泣き声がくぐもったものになった。アリオン伯はため息をつき、アストリアスに向き直って、

「アストリアス、今回はよくやってくれた。お前がいち早く駆けつけなかったらドリアン様は奪われていたかもしれぬ。今後とも、ドリアン様の身辺をよろしく頼むぞ」

は、と短く答えて、アストリアスは礼をした。殴られた頭がまだ少しふらふらする。

「アリオン伯、あの男、ゴーラの手の者でしょうか」

「わからんな。だが、このような小村にゴーラの間者がわざわざひそんでいたとは考えにくい。王子という身分を聞いて、攫《さら》えば身代金が手に入ると思ったのかもしれん。だとしたら、モンゴール人の風上にも置けんやつだ」

アリオン伯はむかつきを抑えられない顔で馬車の扉をじっとにらんでいる。

とにかく俺はドリアン王子を守った、とアストリアスは思った。夢のかけらがまだ脳裏で重く渦を巻いている。冷たい血のしたたる短剣と目を見開いて転がるおさな子の瞳。俺はあのようなことはしない、ただの夢だ、と思うにつけ、男の歯をむき出した嗤いと小さな身体を小脇に抱えた太い腕がよみがえる。

あの子供が王子だというだけでああした輩が集まってくる。それから守る自分たちとて似たようなものだ。自分たちの都合でドリアンを連れ回し、気づかってくれる者といえばアリサの手くらいしかない場所に置きはなしている。

自分は本当に王子を守ったのでしょうか、とアリオン伯に言いたい気持ちがむしょうにこみ上げ、アストリアスはそれを抑えた。そんなことを口にしたところで、何を言っているのかという目で見られるだけにちがいない。

王子の泣き声は徐々に低くなってきていた。アリサが王子をなだめる声が高く低く聞こえてくる。アストリアスは背を向けてその場を離れた。しゃくりあげている王子の声が、背中に突き刺さるように感じられた。

男はやはりただの村人で、ゴーラの間者などではなかった。軍に加わるふりをして王子を奪い、金を奪うか、でなければ、ゴーラの守備隊へ走って報奨金をもらうことを目当てにしていたらしい。考えが足りずに、入った当日に力任せに王子を奪おうとしたために失敗したらしい。

男は斬首して野辺に捨てられ、男の住んでいた村は報復を恐れて震え上がった。アリオン伯は集落を焼くことを主張したが、オル・ファンが、こうした場合に慈悲を示すことがのちに人民の心を引きつけることになると説得した。

赤黒い血の池に浸った男の死体を見ながら、アストリアスは、自分自身がそこに倒れているように感じた。自分がドリアン王子を守ったことになっていることに関して、なんともいえない居心地の悪さがあった。俺は王子を守る、と口に出して、ぶるっと身震いした。それはさながら呪詛のように聞こえた。

2

「のう、本当に、このまま見守っておるだけのつもりか？」

いらいらとグラチウスが言った。魔道師は隠蔽の魔道をかけるか、あるいは、飛行の魔道で地上からは見えないほど空高く飛ばせられることにほとほとうんざりしているようだった。とっととドリアンを奪い返して、引き上げればよいではないか、と繰り返しぶつぶつ言い、さかんに不平を並べたが、「や。だめ」ときっぱり言うスーティと、その言葉を忠実に守る琥珀によって、完全に押さえ込まれていた。

『でも、星の子』琥珀はそう言うことも忘れなかった。『闇の司祭の言うことにも一理はありますよ。わたしたちの手もとに引き取れば、ドリアン王子はもっと完全に守られます。わたし、そして、狼王と闇の司祭がいるのですから、たいていの人間は手を出せません』

スーティはウーラの肩の上でじっとしていた。

彼らはドリアン王子を囲む軍勢を一望のもとにできる巨樹の上に身を落ち着けていた。

足の下を、馬に乗った騎士と徒歩の兵とがゆっくり通りすぎていく。少し前に、厳重に警護された馬車も通っていった。

王子が襲撃されたときにはさすがに助けに飛び込もうとしたが、それより先に、アストリアスが飛び込んで王子を助けたのだ。アストリアスと兵士たちがドリアンを助けると、スーティは琥珀にいってグラチウスとウーラを留め、ふたたび観察の場所に戻ってしまった。

スーティとて迷っていないわけではないのだろう。このままドリアンをモンゴール一派の中においておくことは、またあのような襲撃事件が起こる可能性もあるということだ。ゴーラの追っ手が接近すれば見つけしだい、まどわしの術にかけたり、岩を崩して道をふさいだりして追いつかれないように気を配っていたが、ドリアンがいまの場所にいるかぎり大人たちの奪い合いから完全に切り離すことはできない。スーティたちが手もとに引き取れば、少なくとも、ゴーラの追っ手からもモンゴールの一派からも自由になれる。

しかしスーティはスーティなりに、あのアストリアスの誓いを真剣にとらえているのだった。完全に頼ることのできるおとなが（グラチウス以外）いないことも気に掛かっていたにちがいない。

スカールも、母親のフロリーもいまはどこにいるかわからず、スーティ自身心の底に消えない不安と寂しさを抱えている。そのような状態で、赤ん坊の弟までもかかえ込むことは、スーティの幼い心にはあまりに大きなことに思えたのかもしれない。

眼下の軍列の中で、アストリアスを見つけることはむずかしい。仮面をつけているという特徴はあっても、ひとりひとりが人形のように小さく見える距離からでは見分けることはできない。できるのは、ひたすらドリアンのいる馬車に目をつけて、そこに脅威がおよばないよう見張るだけである。

『星の子？』

琥珀が気がかりそうに声をかけた。ひたすらぶつぶつ愚痴を並べているグラチウスの隣で、スーティはうつむいている。

『星の子、どうぞ無理はしないでください。弟王子の救出がわたしたちの目的ですが、そのために、あなたの体調を崩すことは、わたしは看過できません。脳波に乱れがみられます。少し休息をとり、リラックスしてください。弟王子の安全は、急なことが起こってもわたしたちが介入しますから』

スーティはきゅっとやわらかい口もとを引きしめたが、動かなかった。ウーラの肩にしっかりつかまって、黙って下界に目をこらす。口を小さくとがらせて、琥珀に背を向けるように姿勢を動かした。ふっくらした顔は少しこわばり、かたくなに、弟の姿をさがしてはなれなかった。

ドリアン王子を奉じる部隊はカダインへ入った。むろん秘密裏に、アリオン伯とハラス、オル・ファン、ホン・ウェン、それに王子の馬車とそれを守る二十名ほどの兵士のみである。市内に伏せている二万の軍兵を糾合し、トーラスへ上る態勢を整えるのが目的だった。

すでにモンゴール国内のみならず、ゴーラ国内にも、旧ユラニア派を含めた勢力への檄文がとんでいる。もはや国を顧みぬ流血王よりも、正統なモンゴール大公の血筋であり、同時にゴーラ王太子でもあるドリアン王子を王座につけるべきであるという秘密文書がオル・ファンの諜報網を通じて着々と各地にまわされ、イシュトヴァーンによって圧殺されているもとユラニア貴族や軍人をゆるがしていた。

旧ユラニア人としてはモンゴール大公の血筋とイシュトヴァーンのあいだの子であるドリアンを担ぐのはおもしろくなかっただろうが、ユラニア大公家はもはや途絶えているし、それに、ドリアンがいまだ幼児であることを逆に付け目であるととらえるものもいた。モンゴール勢力にうまく取り入り、幼君を持ち上げることによって、権力のおこぼれにありつこうという考えの者も出てきたのである。

「ゴーラ国内の勢力はどうだ」

アリオン伯はオル・ファンに尋ねた。カダインのアリオン伯の館の一室で、前にした白い布にはカダイン周辺に参集した兵二万と数千、そしてトーラスに守備兵として駐在するゴーラ兵約一万が示されている。さらにオル・ファンの諜報網によって協力を申し出てきているゴーラ国内の勢力も。

「ダーハンのルー・エン将軍が一万五千の軍を申し出てきております。条件として、イシュタールに人質とされている娘の返還と、宮廷での伯爵以上の地位を求めてきておりますな」

「イシュタールにいる娘はさておき、伯爵以上の地位とは大きく出たな。こちらが幼君と考えて甘く見ているのだろう。足もとを見られんように注意することだな。ほかには」

「レン・ホン侯爵、ハン・ソン伯爵が連名で資金の都合を申し出ております。傭兵五千ほどを雇うに足るかと思われます。イシュトヴァーン王の世ではこれ以上やっていけぬと感じているのでしょう。爵位以外のものはほとんどはぎとられていることを考えると、まずこれがせいいっぱいかと」

「五千か。ないよりまし、という程度だな。しかし贅沢も言っておられん。ほかには」

「態度を明らかにしてきたのはこの三名のみですな。ほかの諸侯はまだ様子見か、幼君では国がまとまらぬと感じておるのでしょう。

　アリオン伯」

オル・ファンに呼ばれて、アリオン伯はぎょろりと目を上げた。

「いまだ、ドリアン様を王に立てることに、踏ん切りがつかぬままでおいでですかな」

「むう……それは」

アリオン伯はひげを引っぱって顔をしかめた。

「もちろんそれは、いつかはせねばならんことだと思っている。イシュトヴァーンを王座から逐い、モンゴール正統のドリアン王子をゴーラの玉座につける……それでなければわがモンゴールの真の独立はなしえない。それはわかっている。わかっているが」

「兵力に、不安がおありですか」

オル・ファンがたたみかけるように訊いた。

「さすがにな。いまイシュトヴァーンはゴーラに不在とはいえ、ドリアン王子が王位を宣言したと聞いたら飛んで戻ってくるだろう。来ぬわけがない。あの男のことだ、王位を奪われて黙って引っこんでいるわけがない。ゴーラ軍を率いて、おっとり刀で駆けつけてくるだろう」アリオン伯はふっと息をついて大きく吸った。

「俺も昔、イシュトヴァーンの鬼神ぶりを間近で見たことがある。あの男は尋常の人間ではない。まさに戦の化身、殺戮者のなかの王とでも呼ぶべき男だ。あの男がゴーラ軍を率いてきた場合、軍勢が倍あっても、支えきれる気は俺は残念ながらしない。たとえ倍の軍勢があったところで、奇手奇策を用いて思わぬところから襲いかかってくるのがやつのやり方だ。とにかく一筋縄ではいかぬ上に、やつに率いられる軍の士気は極めて高くなる。やつにはそういう一種の……才能があるのだ」

額をなで上げて汗をぬぐう。

「イシュトヴァーンがパロに留まったまま戻ってこないならば話は別だが、いまだ帰るとも帰らないともつかないいままでは、なかなかそう思いきったことはできん。電撃戦をも得意とするやつのことだ、態勢の整わないうちに、襲われてはどうしようもない。王子を人質としようにも、やつは息子をうとんじて、顔すら見ようとしないという話だ」

アリオン伯はにがい顔をした。

「もしこちらが人質に取ろうとしても、やつはそのようなことなど気にもかけずに攻め寄せてくるにちがいない。冷酷無残……とはやつのことだ。自分の血を分けた息子すらも、邪魔となれば捨てて顧みぬ。歯止めとなるべき宰相のカメロンがいない今となっては、よけいにその傾向は強まろう」

「しかし、もしドリアン王子を見捨てればモンゴールはおろか、他国の支持も一気に失うことになりかねませんが」

オル・ファンは白布に示されたイシュタールを軽くつついた。

「それに関しては、どう考えておるのでしょうな」

「知るものか。おそらく、何も考えてなどおらぬのだろうよ」

吐き捨てるようにアリオン伯は言った。

「あの男を常人の尺度で測ることはできんよ。おそらくいまでも、やつの心は街道の盗賊のままなのだろう。たとえ息子であっても、自分を裏切ったと感じればその手で斬り捨ててしまいかねん、そういう男だ。親同然であったというカメロンさえ殺したのだからな」

「しかしいずれにせよ、ドリアン王子を王位に就けぬことには、われわれの悲願は達成されないわけです」

オル・ファンはあごを撫でながら指摘した。

「クリスタルからの情報によれば、イシュトヴァーンはクリスタル・パレスにこもったままいっこうに姿を見せぬとか。リンダ女王に結婚を申し込んでいたという情報もあります。もしリンダ女王を手籠めにでもし、パロの王座についたつもりでいるのであれば、ゴーラのほうには目配りがいっていないでしょう」

「イシュトヴァーンのもとには間者や使者が出入りしている様子はないのか？」

「私の手に入っている情報の限りでは、ありませんな。イシュトヴァーンはクリスタル・パレスにこもりきりで、そもそもパレス自体が何やら魔道によって封鎖されており、外部との自由な出入りができぬようになっているとのことです。イシュトヴァーンは現在、外部の情報からは遮断されていると考えられます」

「もしドリアン王子が王位を宣言したとしても、耳に入らない可能性があるということか？」

「もしかしたら。おそらくは」

「ふうむ……」

アリオン伯は腕を組んで考え込んでしまった。

「……トーラスを攻めるにはまだ時期尚早だ。しかし、一足先にドリアン王子に王位を宣言させ、それに合わせて各地の勢力に一斉蜂起をうながすことは可能かもしれん」

「ゴーラ王としてのドリアン様のほうが、旧ユラニア派の勢力を取り込めると私は考えますな」

かぶせるようにオル・ファンは言った。

「幼君であることも、逆手に取れば利益を求める人間には好都合ともとれましょう。いずれにせよ、クリスタル・パレスにイシュトヴァーンが閉じこもっているいまこそ、のろしを上げる機会かと」

「のろしか……」

アリオン伯は天井を見上げて唸った。

「ドリアン王子にゴーラの王位を主張させる、か」

「むろん早急に軍勢をととのえ、態勢を作り上げる必要はございましょうが。イシュトヴァーンの動きが遅れれば遅れるほど、こちらの有利は増します。イシュトヴァーンが明日にもパレスを出てこないともいえないことを考えると、ドリアン王子の王座要求は、早めにしておいたほうがよかろうかと」

「ふむ……」

アリオン伯は腕を組んだまま太い息をついた。

「よかろう。ハラスや、ほかの諸将ともよく話し合ってみよう。確かに、モンゴール大公ドリアンよりも、ゴーラ王ドリアン一世としたほうが、旧ユラニア陣は従いやすかろう。よく考えてみる」

「お聞き入れ、ありがとうございます」オル・ファンは丁寧に礼をした。厚いまぶたの下の目がうすく光っていた。

「王子が公式に王位を主張する？」

アストリアスはぎょっとして振りかえった。

「そうですとも」とハラスは、酔ったような口調で両手を広げ、危うく倒れかかった。アストリアスにあわてて支えられながらも、意気軒昂で、

「いよいよモンゴールの血筋が王座に就くときが来たんですよ。ドリアン様は母上の仇である男を打倒して、正しい地位に昇られるんです。われわれモンゴール人は、今度こ

そ、ほんとうの独立を手に入れるんですよ」

　両手を振りまわして興奮しきりである。カダインのアリオン伯邸の厩の中だった。アストリアスは馬にかいばをやり、身体をこすってやっているところだった。ドリアンを襲撃者から守った功労者ということで、カダインへ入る護衛兵の二十名の中にアストリアスも入れられていたのである。

「それは……もう決まったことなのか」

「ああ。このカダインで正式に宣言して、イシュトヴァーンの王位を否定し、ドリアン一世としての王権を主張する。これからはますます全身全霊をこめてお仕えせねばなりませんね、アストリアス、私たちはれっきとしたゴーラ王に仕える身となるのですから」

　アストリアスはなにも言わなかった。言えなかったのだ。衝撃のあまり、舌がしびれたようになって口蓋に貼りついていた。いつかは直面すると考えていた事態ではあったが、それが、これほどに早くやってきたことに困惑し、恐怖していた。恐怖——そう、恐怖だった。心臓が早鐘を打ち、べっとりと汗がにじみ出るのを感じた。ハラスはけげんそうに顔を近づけてきた。

「どうしました、アストリアス。様子がおかしいですよ」

　仮面をつけていることをこれほど感謝したことはなかった。おかげで蒼白になっているはずの顔色を見られずにすむ。アストリアスはさとられないように身をそらしてハラスから顔をそむけた。

「いや。なんでもない。ちょっと……めまいがしただけだ」

それ以上アストリアスがなにも言わないのにハラスは不服そうだった。も自分と同様、開けっぴろげによろこぶものと思っていたのだろう。アストリアスもそれどころではなかった。ふたたび、脳裏にあの冷たい夢の名残が立ちあがり、足もとに転がった黒髪緑目の幼児と、こちらを非難するように見つめる緑玉の瞳が明滅した。アストリアスがハラスを押しのけるようにしてよろよろと歩いていくと、ハラスはしばらく不審そうに見つめていたが、やがて、もっと同じように喜んでくれる相手を探して杖を鳴らして歩いていった。アストリアスは好きなようにさせておいた。

(ドリアン王子が王位を宣言する)

しかしそれは本人の意志でもなんでもない。まだ言葉も話せない幼児にそんなことはできない。周囲に集ったおとなが勝手に幼児のドリアンの運命を決め、自分たちの意図のもとに利用しようとしているだけなのだ。

自分もできれば単純に喜びたかった。ハラスのように、これでモンゴールの純粋な独立が叶う、モンゴールの血筋がすべての上に立つと考えて有頂天になっていたかった。

だが、そう思おうとすれば、あの小さなスーティのぱっちりとした大きな目がこちらを見つめている幻影が浮かぶのだった。守る。自分はドリアンを守ると約束した。誓ったのだ。そしていま、ドリアンはおとなたちの手によって王という虚名の座におしあげられ、父親と骨肉の争いになるべくかつぎだされようとしている。

　小さな王はおとなたちの間で玉投げ遊びの玉のようにやりとりされるだろう。そうした扱いに抗うにも、気づくことすらまだドリアンは幼すぎる。されるがままに翻弄されて、そうして、たどり着く先はどこなのだろう。自分の父親に殺されるのか、それとも、自分の父親を殺すのか。どちらにしても、何も知らない子供でありながら、ドリアンは、自らの父親と命をかけた争いに巻き込まれざるを得ない。

　ふらふらとアストリアスは厩の横木にもたれかかった。額がどくどく脈打っている。

　自分はどうするべきなのか。素直に喜び、ドリアンがイシュトヴァーンを逐う王座を要求することを歓迎すべきか。それとも――

　それとも。

　ほんとうにドリアンを守る、というのがどういうことなのかという問題が鳥のようにまた舞い戻ってきた。肉体的に守ることだけが守ると言うことなのか、それとも、勝手な考えで子供をもてあそぼうとするおとなたちの手から守ることも、それに含まれるのか。思えば、ドリアンは、その生まれからして父にうとまれ、母に死なれて、愛情をかける者さえろくにおらずにいたのだ。

（あなたも、ドリアン様をいつくしんでいらっしゃるのですわ）

アリサのゆったりとした微笑が目の先にひろがった。いつくしんでいる。もし自分がいつくしんでいるのだとしたら、どのように考えることがもっともドリアンのためになるのだろう。このまま手放しで見守り、今後迫るであろう肉体的な危機からドリアンを守ることに注力すべきか。それともおとなの玩具にされることそのものから救い出し、自由に生きられる場所へと解き放ってやることか。

（俺は――アムネリス様……）

アムネリスの凍りついた瞳が自分を見ていた。遠いあの日、短剣をひっさげた自分はアムネリスの結婚式に乱入した。アムネリスを守ろうとして。しかしそれは、ただ自分の勝手な思い上がりに過ぎず、自分自身もまた何者かの駒とされただけにすぎなかった。若かったあのころを思い返せば、守る、という行為が独りよがりでありうることを、骨身にしみて思い知らされた出来事だった。

いまアムネリスの息子を前にして、守る、という誓いがふたたび独りよがりなものに成り代わることを考えると、いてもたってもいられなかった。理性はこのままドリアンが王位につけられるのを喜び、騎士として懸命に仕えることが正しい道だと主張する。しかし、もっと深い場所で、それだけが正しい道なのかとしつこく反論する声がする。ほんとうにドリアンを想う――いつくしんでいる――のならば、彼が少なくとも自らの意志で人生を決められるようになるまで、誰の意のままにもされないように自由にさせてやることでないのか、としつこくささやく。

アストリアスは何度か頭を振った。頭の中の声はいっこうにやまなかった。アムネリスの緑の瞳がひたと彼を見つめ、やがてそれは黒いまつげに囲まれた幼児の瞳になってちらついた。ドリアンのものか、それともスーティのものであるかの判別はつかなかったが、その視線が、針のように心を突き刺すことには変わりがなかった。

弟、といっていた。そうだ、どちらもイシュトヴァーンの子なのだ。アムネリスとイシュトヴァーンの子。フロリーとイシュトヴァーンの子。フロリーは自分の子供が宮廷の勢力争いに巻き込まれるのをきらって、王宮からは身を隠していた。母親の愛がそうさせたのだ。同じ父を持つ子なら、同じ愛を受けてしかるべきではないか。おとなの勝手な思惑にまきこまれないよう、保護を――

（だが俺は、モンゴールの騎士だ）

モンゴールの完全な独立のためにはドリアンがどうしても必要なのだ。唯一残ったモンゴール大公家の血筋である子、少なくともモンゴール大公家を継ぐためにはドリアンは必要不可欠だ。モンゴールのために、自分は、ドリアンの地位を守らなくてはならない。モンゴールのために――

モンゴールのために。

なぜ、その一言がこれほどむなしく響くのだろう。

3

カダインの町は夕暮れになってざわついていた。ヴァシャの袋を背中と頭に載せた男たちが列をなして歩いていき、蜂蜜を塗って焼いた鶏肉の串を売っている屋台に数人の客が集まっている。女たちは表に出てきて夕食の豆を準備しながらおしゃべりをし、子供たちは母親にまつわりつきながら走り回って遊んでいる。モンゴーラ連山の影が黒く、あかね色の空にくっきりと浮かびあがっている。ぽつぽつと明かりがともり初め、酒場や宿屋の呼び込みがそろそろ仕事を始めようとしていた。

マントのフードを深くおろして、男は身を隠すようにして小道を歩いていた。ちらりと顔を上げたとき、陽光の最後の残照がその頬に当たってぎらりと輝いた。男が銀の仮面で顔を覆っているのに気づいた通行人はいなかったろう。男はすぐに顔をうつむけ、急ぎ足に建物の裏へ回り込んだ。

買い集めてきた荷物をアストリアスは腕に抱えなおした。はたして自分が何をしようとしているのか、いまだに確信が持てなかった。子供を包むのによさそうなやわらかい毛布、壺に入れた山羊の乳、巻いた布など、かれを知るものからすれば首をかしげるような品物ばかりを両手いっぱいに抱えている。

そのままアリオン伯邸の裏口からそっと入る。番兵は立っていたが、アストリアスが銀色の仮面をつけた顔をのぞかせると、了解したように頭をうなずかせて通してくれた。入口を通過しおえて大きく息をついたアストリアスは、持ち物を隠すようにして厩へゆき、自分の馬に、しっかりとそれらをくくりつけた。

やってしまうと、しばらくそこに座りこんで休息をとった。ひどく骨の折れる仕事をしたあとのように疲れていた。頭の中には綿が詰まっているようで、ぼんやりとした思考の中にときおり閃くように子供の緑の瞳が明滅した。

この三日間ほどほとんど眠れていなかった。眠ろうとすれば、夢を見た。短剣を手にしてパロの宮殿を歩き、最後には血の垂れる剣をたらして足もとに転がる子供を見つめている夢だ。まぶたの裏にはアムネリスの緑の瞳が焼きつき、それが彼女の息子の緑の瞳と入れ替わって、ほとんど区別がつかないほどだった。

ドリアン王子に王位を宣言させる準備は着々と進められていた。秘密裏に町の有力者が集められ、ドリアン王子に従う宣誓をした。オル・ファンは書字生をせっせと働かせていく通もの書状を書かせ、各地へ送り出していた。ビラもあった。ドリアンがゴーラ王の地位に就くという宣言がまき散らされるべく量産されていった。

アリオン伯はトーラスにいる小マルス伯と連絡を取り、トーラスへ入る算段をつけている最中だった。トーラスの守備兵のうち寝返りを狙えそうなものを探り、同時にトーラスに潜伏している旧モンゴール勢力とのつなぎをとる。各地にひそんでいる反ゴーラ、反イシュトヴァーン勢力にも積極的に書状を送り、ドリアン王のもとに集まるようにとよびかけた。

アストリアスにはどこまでその計画が進んでいるのかわからなかったが、ドリアンが、後戻りのできない道へと着々と押し流されているのはわかった。子供は小さな頭には大きすぎる王冠をかぶせられ、父親と争うようにいやおうなく定められるだろう。誰にも思いやられることなく。

ドリアンはいまもアリサに預けられたまま、この邸の一室で警護されている。アリオン伯はときおり挨拶と称して顔を見に行っているようだが、そのほかの者はほとんど近づく者もない。外へ出ることもない。ずっとアリサにつきそわれたまま、鍵のかけられた一室から出ることもなく、遊び相手もアリサ以外にはなく、日々を過ごしている。

王子として生まれたものであればある程度はそのようなことは覚悟すべきなのかもしれない。母もなく、父もおらず、他人の手にゆだねられて育つことは王族としての日常なのかもしれない。しかし父親と争うように仕向けられることが、子供にあっていいとは思えない。しかも、まだ自分の意志すらさだめられないような幼さならよけいに。

「どうなさったんですか、アストリアス様？」

厩に入ってきた従士の少年にけげんそうに声をかけられて、はっとアストリアスは頭を上げた。頭からマントをかぶったまま、藁の上にじっと腰をおろしているのは確かに奇異だったろう。はっきりしない声で返事をして頭を振ると、アストリアスは立ちあがって厩を出た。その際、マントを脱いで馬にくくりつけた荷物の上にかけておくことを忘れなかった。いまだにそれを自分がどうすべきか決めかねているにもかかわらず、身体は勝手に動いていた。

厩を出ていくと厨房からの音とにおいが鼻と耳を刺激した。空腹だったことを思いだしたが、食事をする気分にはなれなかった。頭の中におそろしい考えが取りついている状態では、何を食べても喉に通らない気がした。

自分の居室へもどって、落ちつかないままに腰をおろした。時間が飴のように粘り気を持って感じられる。一刻一刻、時の砂が流れおちる音が聞こえるように思われた。実行するなら夜が更けてからだ、と考え、何を実行するというのだ、とまた胸苦しい考えに囚われる。

（俺は……ドリアン王子を）

その先を考えようとすると頭が白くなる。自分は、ドリアン王子を。

ドリアンはゴーラ王として実の父と対立することになる――のだろうか。

（あなたもドリアン王子をいつくしんでいらっしゃるわ……そうではありませんの？）

あの娘はいまもまだ自分に対してそんなことを思っているのだろうか。

とつおいつ考え続けて、いつまでも物思いは尽きなかった。ほとんど身じろぎもせず、じっと腰掛けたまま時間のたつのだけを待つ。

邸の中の人声がしだいに小さくなり、鎮まっていった。夜更けの静けさが、少しずつ忍び寄ってきた。外から真夜中を告げるイリスの四点鐘の鐘が響いてきて、ようやくアストリアスはすわった椅子から腰をあげた。身体がかちかちに固まっていて、ひじを曲げるとポキリと鳴った。

部屋を出て、歩いていく。足はひとりでに二階の一角へとむいていた。ドリアンとアリサの居室のある方角だ。

階段を一歩一歩上がっていく。明かりに揺れる自分の影におい立てられているような気分だった。廊下の向こうからやってきた使用人が頭を下げるのに機械的にうなずいて返しながら、自分の鼓動が耳の奥で大きく鳴り響くのを聞いていた。

夜中の邸は静かだった。居室が近づいてくる。二人の衛兵が、扉の前に立って張り番をしていた。近づいていくアストリアスに気づいて、けげんそうに視線を向けてくる。

「アストリアス殿？　何かご用か」

「アリオン伯は何もおっしゃっておられなかったが……」

アストリアスは大股のひとあしで二人の間に入り込むと、固めた握りこぶしを力いっぱい一人の脾腹《ひばら》へ突き込んだ。げっ、と身を折るところへ、膝を突きあげてもう一発顎に食いこませる。衛兵は声もなく床に伏した。

「何をする！」

身をひるがえすと、もうひとりが剣を抜いて向かってくるところだった。ふりおろされた剣を身をかがめてよけ、下から手刀を首筋を狙って叩きつける。固い手応えがして、ごっ、と声が漏れる。

「誰か……誰か来てくれ！　くせ者だ！」

声をあげて人を呼ぼうとするが、喉を強打されたせいで声が割れている。アストリアスはもう一度手刀を喉に叩きつけ、崩れかけたところを後頭部に拳を見舞った。ぐったりした身体が覆いかぶさってくるのを慎重に床に横たえる。

冷たい汗を全身にかいていた。一秒ごとに自分も後戻りできない道へ足を踏み入れていく。気絶した男二人をそのままに、そっと扉を開けた。中は温かくしつらえられた女性向きの部屋で、暖炉には炎がおどり、壁には寒さよけのつづれ織りがかかって、ふかふかした毛皮があちこちに敷かれている。

火のそばの椅子に、アリサが腰をおろしていた。そばには籠網のゆりかごがあって、彼女はそれに手をかけていた。黒い大きな瞳が見開かれていた。

「何事かございましたの？　争う気配がいたしましたけれど」

アストリアスは黙って立ちつくしていた。ここまで来て、彼女に対してかける言葉を持っていないことに気づいた。

暖炉の火明かりがアリサのやわらかい頬の線を暖かい色で染めている。問いかけるようにアストリアスを見ているアリサの顔は心配げだった。

「アストリアス様？」

「――ドリアン王子を」

押し出すようにアストリアスは言った。

「ドリアン王子を、お渡し願いたい」

さっとアリサの頬が白くなった。彼女はさっと立ちあがって、ゆりかごの前に立った。

「なぜですの」

なぜだろう、とアストリアスは自問した。なぜなら、ドリアンを自分は――

「――……大切だと、思い申しあげているからです」

喉の奥から押し出されたのは、そんな言葉だった。アリサはまばたき、大切、と確かめるように呟く。

「大切だとおっしゃるの。それは、どのように大切だとお考えになっていらっしゃるの。突然やってきて、王子を渡せとおっしゃる理由が、それですの」

「アムネリス様のお子を、権力争いの道具にしたくない」

絞り出すようにアストリアスは続けた。

「ドリアン様を駒としか考えぬ者の手に渡したくない。ここで冷たい手に囲まれていつの日か父親と闘争するような運命からお救い申しあげたい。ここにいればいやおうなくこの子は、実の父親と戦う羽目に陥ってしまう。そのようなことはさせたくない。アムネリス様のお子だ。父にも、母にも別れた、お気の毒なお子だ。せめて、本当にいつくしんでもらえるもののいる場所につれていってさしあげたい」

ひと息にそう並べて、長い息をついた。

「……叶わぬ望みかもしれんが」

アリサは身じろぎもせずアストリアスの仮面に覆われた顔をじっと見ていた。仮面の固い金属さえ貫き通すほどの強い目だった。黒い瞳に暖炉の火が映り込んで、火花を散らすように見えた。

そして彼女は、そっと身をずらすと、盾のように立ちふさがっていたゆりかごの前からどいた。

「アリサ殿――」

「……確かに、叶わぬ望みかもしれませんね」

吐息のようにアリサは言った。

「けれども、ドリアン様をいとしいと思っていらっしゃる方のなさることを、留めることはわたしにはできません」

そしてゆりかごに身をかがめ、眠っているドリアン王子を抱きあげた。

「逃げ延びられることを、お祈りいたしております。父と子が、争うようなことになることは、わたしも望みません。

……どうぞこのお子がすこやかに育てる場所を見いだしてさしあげてください。わたしには、その力はございませんから」

アリサ殿、とアストリアスはささやいた。その語尾が唇を離れないうちに、温かく、乳くさい小さな身体が、ふところに押しつけられた。年の割に小さすぎる幼い体つきが胸をついた。

「さ、お早く。平穏をお祈りいたします。あなたとドリアン様に、ミロクのご加護がありますように」

抱きしめた幼児はたよりなく小さく、そしてずしりと重かった。眠りながら王子はむにゃむにゃと声をあげ、小さな手があごの下をかすめた。雷に触れられたような心地がアストリアスの身体を突っ走った。

「……かたじけない」

アストリアスは低く礼を言うと、身をひるがえした。

衛兵二人はまだ気を失ったままでいる。足音をしのばせて廊下を通り過ぎ、階段を我慢できずに音を立てて駆け下りた。遠くでわっと声が上がり、声高に人を呼ぶ騒ぎが持ち上がった。一瞬で口の中がからからに干上がった。

建物を走り出て、厩へと駆けていく。従士や商人たちが数人、あわてたようにそばを走り抜けていったが、アストリアスが幼児を抱いているのには気づかれなかったようだ。厩に駆け込み、荷物をくくりつけた自分の馬を引き出して、ひらりと跨がる。目をさましかけてもぞもぞしているドリアンを、取りだした毛布で手早くくるむ。

騒ぎの声が大きくなった。邸に明かりがつき、数人の兵士が、角をまわってこちらへ走ってくる。アストリアスはぐっと馬の脇腹を締め、拍車を入れた。

「待て！」

「その馬、止まれ！」

ばらばらと出てきた男たちが人垣を作る。速度をゆるめずアストリアスは突っ込んだ。馬の蹄にかけられた使用人が悲鳴をあげて逃げ散る。

そのまま、勢いを殺さず一気に町へと出た。夜更けの街路にほとんど人の姿はなく、誰もいない道を蹄の音をとどろかせてアストリアスは走った。腕に抱えたずっしりと重い幼児の感触にだけ意識を集中していた。

ドリアンは目を覚まして、泣きはじめていた。手足をじたばた動かすのでしっかり抱いていないと落としてしまう。幼児の泣き声と乱れた蹄の音が寝静まった町に響きわたった。

「しっ、ドリアン様、しーっ」

揺すって呼びかけても、寝床から連れ出され、馬で揺すられている幼児は泣きやまない。泣きやませるのはあきらめて、ただしっかりと抱くことだけに意識を集中した。落としてしまってはそれこそ一大事だ。

はるか後方で怒声が聞こえた。入り乱れる馬蹄の音が近づいてくる。

アストリアスは一度だけ振り返り、馬の上に身体を倒して強く拍車を入れた。馬がさらに速度を増す。耳もとで風がひゅうひゅう鳴った。

「待て、アストリアス！」

遠くから自分の名前が流れてきた。角を曲がる。狭い路地に入り、めちゃくちゃに角を曲がって、追っ手を撒く。声はちかくなり、遠くなり、また遠くなる。ドリアンを抱いている腕がしびれてきて、抱き替える。ドリアンは声を張りあげて泣いていて、風の中に、幼児の泣き声がちぎれちぎれになって流れていく。

駆けつづける馬の前に、カンテラをさげた数名の兵士の集団が飛びだしてきた。

「そこの馬、いったい何事だ！」

「子供の泣き声がするぞ！　子攫いか！」

（カダインの衛兵か！）

すばやく手綱をひいて手前の路地に駆け込む。ひゅっ、と音がして、後ろでかつんと何かが壁に跳ね返った。矢だ。

「ばか者、弓を使うな！　子供に当たったらどうする！」

隊長らしき男の怒声が聞こえる。呼子が鳴り響き、四方の壁にこだましていった。

衛兵が集まってこないうちに、せめて町外れまで出なければ。アストリアスは耳を聾する蹄と風の音の中でかろうじてそう考えた。モンゴーラ連山がわにはアリオン伯とオル・ファンの軍勢が分散して陣を張っている。山の反対側に出て、森林地帯に駆け込めばなんとかなるかもしれない。泣きわめくドリアンをしっかり抱いて、アストリアスは手綱を握る手に力をこめた。

町の衛兵が出てくれれば、アリオン伯たちはよけい必死になってアストリアスを捕まえようとするだろう。万が一にもドリアンの身分と、ここにいる理由とがゴーラに漏れれば一大事だ。

アストリアスがドリアンを連れ出した理由は絶対に理解されないだろう。おそらくゴーラ側に通じていると断じられたにちがいない。それでもかまわなかった。もはや走り出してしまった自分を留めることはできない。アストリアスの頭は奇妙なまでにしんと静まりかえっていた。

五感を研ぎすませて追っ手が近づいてくる気配をさぐり当てる。逃げ回ってばかりいては街を出られない。大回りするように大通りをさけて走りながら、円を描くように的の外へ向かって走る。

「待て！　とまれ！」

前方に出現した騎馬の一隊が叫ぶ。走りながらアストリアスは剣を抜き、突進する。とっさに反応できなかった騎馬隊は剣を抜いたアストリアスに体当たりされ、馬の一頭が傷ついてひひんと嘶《いなな》いて倒れた。騎手が馬から転げ落ち、どさくさに蹄に蹴り飛ばされて悲鳴をあげる。

血のにおいが遠く流れさっていった。剣を鞘にもどして、アストリアスはドリアンを抱き直した。泣き疲れたのか、ドリアンは少し静かになってきていた。身体が冷えていないか、空腹ではないかと案じたが、いまはまだ止まっていられる場合ではない。

誰もいない街路に馬蹄の音がこだまする。一気に駈けぬけようとしたとき、脇道からどっと剣や槍で武装した兵士の群れが飛びだしてきた。すばやく手綱を返して向きを変え、手前の路地に飛び込む。「待て！」「止まれ！」とさかんに声が背中を追ってくるが、アストリアスはさらに拍車を入れ、細い路地を一気に駈けぬけた。

「！」

路地を抜けたとたん、目の前に槍をそろえて構えた兵士の集団が目に入った。はさみうち、と考える間もなく、転げるようにそのただ中へ突っ込んでいく。止まりもしないとは思いもしなかったのだろう、ひるんだ兵士は槍を取り落とし、乱れ立った。兵士たちの持つ松明に槍の穂がぎらつくのを見ながら、アストリアスは、いつのまにか自分が微笑さえ浮かべていることに気づいた。

ドリアンのぬくもりがはっきりと身体に伝わってくる。小さい心臓がとくとくと脈打っているのもわかる。

（これほど簡単なことだったのか）

このぬくもり、この鼓動を守るために、自分はこの子を連れ出したのだった。

建物の間から飛びだしたとたん、アストリアスは手綱を引いて馬を急停止させた。小さな広場になっていたそこには、ずらりと騎馬と徒歩の兵士が並び、手に手に松明をかかげて、構えを取っていたのだった。

急いで後ろを向いていま出てきた路地に入ろうとしたが、そこでもまた足止めを食った。松明が揺れ、手に手に剣や槍を持った兵士たちが、ぞろぞろと出てくるところだったのだ。

押されるようにしてアストリアスは広場の真ん中に進んだ。

「子攫いめ、おとなしくしろ」

「もう逃げる場所はないぞ！」

じりじりと寄ってくる兵士から声が飛ぶ。突き出される槍に馬が後ずさりし、後ろに構えた兵士からも松明を差しつけられてまた前へよろめく。手綱を引いて馬を回しても、どちらを向いても剣と松明、槍ぶすまがあるばかりだった。突っ込んだところで突破などできないぞというように、次から次へと松明の数が増えていく。

アストリアスはドリアンをぎゅっと抱きしめ、馬の上で身を固くしていた。ドリアンを離すことなどできなかった。小さくしゃくり上げながらもずっしりと重く腕の中にいるドリアンの実感が、アストリアスにある唯一の現実だった。それを奪われれば、これまで自分が思い迷ってきたことそのものすべてが崩壊してしまう気がした。

ドリアンは渡せない。この子は自分が守るのだ。

だが、松明と槍ぶすまは増えるばかりだった。アストリアスの馬はじりじりと後退して、壁の前にまで縫いつけられた。馬の息も荒い。もうあまり無理はさせられないだろう。

（ドリアン様……）

泣いたために顔は真っ赤で、ふっくらした頰は涙と鼻水にまみれている。ぐすぐすと鼻を鳴らしてしゃくり上げる小さい顔を見て、アストリアスは苦しいほどのいとおしさと、罪悪感に胸をしめつけられた。

（しょせん、駄目なのか。俺ひとりの力では、この子を守り切れないのか――！）

そのとき、夜の星をちりばめた空にちかりと光るものが現れた。

明るい星のひとつのように思われたそれはみるみる明るさを増し、燃える炎のかたまりとなると、ゆっくりとその場に降りてきた。

「な、なんだ――!?」

ごうっと音がして、黄金色の炎が躍った。攻め寄せていた兵士たちはてんでに顔を覆ってあとずさった。槍の穂先がじゅっと音を立てて溶け落ちた。松明がいくつか、一瞬のうちに灰になって散った。兵士のかぶったかぶとが赤熱し、身をもがきながらあわてて払い落とすものが幾人もいた。

「な……」

炎のかたまりは翼を広げるように開いた。そこには、枯れ木のように痩せたどこか剽《ひょう》げた感じの老人、銀髪に金目の雄渾な巨体を誇る若者、その若者の肩にちょこんと乗った黒髪黒目の幼児、そして、その三人の上に羽根を広げるようにして燃える炎の髪を漂わせた、黄金の髪に琥珀の瞳の童女がいた。

「な、なん、なんだ、おまえたちは……」

「ぼくの、おとーと」

黒髪黒目の男児がとがめるように言った。

「ぼくの、おとーと。いじめちゃだめ」

「スーティ……」

小イシュトヴァーン、とアストリアスはささやいた。おまえか。

約束通り、見ていたのか。俺が弟を守るかどうか。

「スーティ……すまん。俺ではどうやら、ここまでのようだ。だから」

「貴様、何をする⁉」

兵士のうち隊長らしきものが気色ばんで身を乗り出しかけたが、燃える炎の髪の一閃にひっくりかえった。アストリアスは涙と鼻水をていねいにドリアンの顔からぬぐってやり、捧げるようにして、スーティに差し出した。

「守ってやってくれ。俺では、もう駄目だ。お前が守ってやるのがいちばんいい」

しっかりと抱かれていた胸から引き離されて、ドリアンはぬくもりから離れることを嫌がるように泣き声をたてた。アストリアスは目を細め、もう一度、指先で涙を拭ってやると、目の前にまで降りてきたスーティの腕に、そっとドリアンを押しつけた。

スーティは弟を目にすると、はっとしたように息を吸った。それから、おそるおそるといったていで手をのばして弟を抱き取った。

重さにぐらりと前に傾いたが、すぐに銀髪金目の若者が大きな手で身体を支えて戻した。燃えあがる髪の童女がやさしく何か耳もとにささやき、スーティは小さくうなずいたと思うと、痩せた老人に目を向けた。老人は苦虫をかみつぶしたような顔で片手を上げた。と思うと、かれら四人の姿はあっという間に空へと舞いあがり、ドリアンもろとも小さくなって、やがて星々の間にまぎれて消えてしまった。

アストリアスは遠い目をして見送っていた。輝く彼らの姿が消えてしまうと、兵士たちはようやく気を取りなおして、アストリアスを取り囲んだ。

「き、貴様、あれは何だ!?」

「子供をどこへやった！　貴様、あの化生《けしょう》の仲間か!?」

アストリアスは両手を挙げた。その手からぱらりと手綱が落ちたとき、いっせいに飛びかかった兵士が、四方から彼をつかんで馬から引きずり下ろし、地面にねじ伏せた。

4

冷気がからみつくように下から上がってくる。両手両足にくいこむ枷《かせ》の重みが身体をきしませる。遠くから誰かの話し声と足音が尾を引いてこだまし、じとじとした壁と床に、わずかな新道を作り出していた。

アストリアスは腫れふさがった目を開けた。仮面は奪われ、焼けただれた顔に冷え冷えとした空気が当たっている。壁のほそぼそとした松明が鉄の格子の影を黒々と床に投げていた。ひどく殴られ、蹴られたあとで、腹も背も息をするたびに痛んだ。仮面を引き剝がした男は、その下の顔を一目見るなり「うわっ」と叫んだ。

「こいつは化け物だぜ、きっとドールに捧げるために子供を攫ったんだ！」

それからこの牢獄にほうり込まれた。四方は石造りで苔としみ出た水で緑色になり、床はすり減った石で張られていて、多少の藁と小ペン壺が置かれているだけだった。

「それだって、子攫いの化け物野郎にはもったいないくらいなんだからな」アストリアスをここに連れてきた兵士は言った。

「いったいどんな悪魔と契約してあの魔物を呼び出したんだ？　じっくりと吐かせてやるからな、覚悟しておけ」

　アストリアスはとらえられてから一言も口をきいていなかった。何が言えただろう？　ドリアンを連れ出した理由は誰にも理解されまい。町の衛兵にはそもそもドリアンの身分を明かすことはできないし、ドリアンを助けに現れたスーティとその連れたちのことなど、話したところで嘘つき扱いされるだけだろう。彼らはアストリアスのことを、子供を攫ってそれを炎の怪物に譲り渡した魔教の使徒と考えている。違うと言っても無駄だろうし、そもそもアストリアスにはそんなことを言うつもりもなかった。奇妙な静謐《せいひつ》がアストリアスを包んでいた。いまはただ、スーティたちに渡したドリアンが安全に守られていることを祈るのみだった。あの火炎の髪をひろげる少女がいて、空を飛ぶ力を持っているのならば、おそらく心配はないのだろうが……。

　アリオン伯とオル・ファンたちはどうしているだろうとぼんやり思った。町の傭兵を巻き込んだことで、ドリアンの身元を明かすことができない彼らは苦境に立っているだろう。アストリアスが衛兵に引いていかれたことで、自分たちの計画がゴーラ側に漏れるかもしれぬと戦々恐々としているにちがいない。

　それを考えるとおかしくなって、アストリアスはひとり笑った。もはやゴーラ王に関する陰謀などどうでもよくなっていた。もしあるとすればモンゴールとアムネリスへの忠誠、というより愛情のみだが、それもまた、ほかの人間に話しても理解されない形であることは自覚していた。ドリアンが愛されて育ち、ほかの人間に利用されない場所で自由に生きていけるならばそれでよい。それがアストリアスにとってのアムネリスへの愛情であり、ドリアンへの愛情だった。

アストリアスがドリアンを燃える髪の童女たちに渡すところを見ていたものたちは全員、彼をドール崇拝のためにいけにえの子供を集めていたのだと決めつけた。それなら、それでいい。いいわけをする気もない。スーティたちがどこへ去って行ったにせよ、もはや誰の手にも届かないところにドリアンはいるのだ、そう思いたかった。

遠くでだれかがひそひそと話し合っているのが聞こえた。じゃらじゃらと鍵が鳴る音がし、扉がきしんで開いて、また閉じた。かつかつと踵を鳴らす音が近づいてきた。

がちりと鍵がひらく音がしてアストリアスは目を開けた。ふたりの男の影が、背をかがめて牢獄の扉をくぐるところだった。松明の炎が揺れ、アリオン伯の顔を照らし出した。もうひとりは知らない顔だったが、おそらく護衛だろう。衛兵に金を渡して入ってきたらしい。さらわれた子の縁者だとでも言ったと思われた。

「アストリアス――」

押し殺した声でアリオン伯は言った。

「アストリアス。起きろ」

アストリアスは横たわっていた姿勢からわずかに頭を上げた。枷についた鎖が鳴った。

「さっさとせんか、このろくでなしが！」

思いきり腰を蹴られた。痛みがひび割れのように全身に広がり、思わず身体を丸める。ふたたび蹴られた。吐き気がこみ上げてきたが、吐くものは何もなかった。苦痛にのたうっていると、手かせをつかまれて、乱暴に引きずり起こされた。護衛の男が片手でアストリアスの手をまとめて持ち上げ、座る姿勢にさせていた。

「この、裏切り者が」

一言一言はっきりと区切るようにして、アリオン伯はアストリアスに顔を近づけた。焼けただれた顔に顔をしかめ、髪をつかんでがくがくとゆさぶる。

「お前などを信用していた俺が浅はかだった。忠義面をしておいて、実はずっと腹の底では裏切りを暖めていたとはな。おのれの愚かさにうんざりするわ」

頭を激しくゆさぶってぐっと顔を近づけ、いちだんと声をひそめる。

「あの方はどこにおられる？」

あの方、がドリアンだと気づくまでにしばらく間がいった。何を聞かれているかに気づくと、アストリアスはたまらず笑いだした。アリオン伯の顔が真っ赤に膨れあがった。

「何を笑う、貴様！」

拳が頬にぶつかってきて、顔がちぎれそうに痛んだ。口の中をかんだらしく、ぬるい血が口の中にしみ出してくる。口を開けると、血の混じったつばがだらだらと流れるのがわかった。自分が意味のない声を立てているのをアストリアスは知った。

「衛兵どもはドールがどうだと言っているが、そんなたわごとに耳を貸す気はない」

拳を撫でながらアリオン伯は唸った。白い歯がむき出されて光っている。

「貴様は……ドリアン様……を、ゴーラに売ったのだ。魔道師の目くらましになど俺は騙されんぞ。言え」

また殴られた。がつん、と頬が鳴って、空中に赤い花が開いた。

「どこへ渡したのだ?」

がつん。

「いつから裏切っていた?」

がつん。

「いくら約束されたのだ?」

がつん。

手が離され、アストリアスは床に崩れ落ちた。口を開けると、血と折れた歯が流れ出た。アリオン伯は拳を擦りながら、犬の死骸でも見るかのような目でアストリアスを見下ろした。

「まだ衛兵どもには何も話していないようだな。雇い主との契約か。いったい誰がお前を雇ったのだ。ゴーラか、それとも旧ユラニアのやつらか」

ほとんど開かない目を、アストリアスは無理に開けた。ななめに入ってくる松明の光の中に、息を切らせて立っているアリオン伯が見えた。怒りと焦燥に目をぎらつかせ、顎髭を震わせている。ふたたび、場違いな笑いがこみ上げてきたが、アストリアスは抑えた。

「誰にも……」

「なに？」

「誰にも、雇われてなど、おりません」

ひと言言うのにも息が切れた。肩で大きく息をしながら、アストリアスはごろりと身を動かした。

「私は……ひとりでやったのです。ただ……あの方を、お救いする、ために」

「ばかなことを言うな！」

背中を激しく蹴られた。衝撃が頭のてっぺんまで駆けのぼり、腰に燃えるような苦痛の花が開いた。

「救うだと。何から救うのだ、ばかを言うな。あの方は王に……なられるところだったのだぞ。われらの希望として、モンゴールの希望として、立たれるはずだったのだ。それを救うなどと、貴様、気でも違ったのか」

そうかもしれない、とアストリアスは思った。俺は頭がおかしいのかもしれない。でなければ、ドリアンへの真の愛情のありかなど考えたはずがない。俺は単純な人間だ。戦うしか能のない人間だ。そんな者が、幼い王子への愛情に迷って愚かなまねなどするはずがない。

「私は……ただ、ドリアン様をいとしく思っていた、だけです」

「いとしくだと。なにがいとしいだ。お前はモンゴールの希望を、ゴーラの凶王を追放する旗印を、奪って逃げただけではないか。お前はモンゴールの、解放を願う民衆すべて、踏みにじったも同然なのだぞ」

モンゴール、と聞くと胸が痛んだ。アムネリスの姿が浮かんだが、どうしたことか、あれほど恋したあの姿ははっきりと像を結ばず、ただ、恐ろしげに見開かれたふたつの緑玉の瞳だけが脳裏に大きく広がった。

「聞いているのか。お前はわれわれを裏切っただけではない、モンゴールと、モンゴールの独立を願う民衆すべてを裏切ったのだ。どんな報酬を約束されたか知らんが、覚えておけよ。お前は裏切り者だ。どんな理由があろうと、どう言いつくろおうと、お前は祖国を売った、裏切り者なのだ」

ああ、そうだ、俺は裏切り者だ、とアストリアスは思った。ただ、国を裏切ったかもしれないが、自分を裏切れなかった。人々がドリアンを……アムネリスの子を、道具のようにやりとりするのを見過ごすことはできなかった。父親と骨肉の争いを演じさせようとするのに耐えられなかった、それだけだ。

「さあ、わかったら、ドリアン様をどこへやったか話せ。衛兵連中に話していないということは、まだ少しは根性が残っているということなのだろう。いまからでも考え直して、あの方の居所を教えろ。そうすれば、裏切りの罪は消えんが、少しは心軽く死ねるかもしれんぞ」

ドリアンを誘拐しようとして首を切られた男のことが思い浮かんだ。あれをとらえたことで、アストリアスは信用を得てカダインへ入る人員にも選ばれたようなものだった。結局ゴーラの者でもなんでもなかった男は、見せしめに首を切られて自らの血の海に浮かぶことになった。いまアリオン伯にとって、自分はあの男同様、いや、あの男以下に見えているにちがいないとアストリアスは思った。

不思議と心は痛まなかった。それなら、それでよいと、冷ややかな心が答えただけだった。自分は頭のおかしなモンゴールの裏切り者で、いずれ、あの男と同じように首を切られて血の海に浮かぶのだろう。だが、そのあいだドリアンは自由に生き、もう誰の道具にされることもない。

アストリアスは血の味のするつばを吐き出し、頭を落とした。

「……どうぞ、首を」

「うむ？」

「首を、落として……ください。私は、裏切り者です。愚かな、裏切り者だ……だから、どうぞ、首を落として始末してください。俺には、それが、似合いだ」

「なんだと」

アリオン伯は驚愕した表情になった。

「いよいよ頭がおかしくなったか？　ドリアン様の居所を吐けと言っているのだ。それを言うまでは殺すなどできるものか。吐くくらいならば死ぬと、そういうつもりか」

「そうではない……そうじゃ、ない……ドリアン様がどこへ行ったかなど、俺は知らない……誰も知らないところへあの方はゆかれた……自由になって――自由に……」

「こ奴、本当に狂っているのではありませんか」

護衛の男がささやくように言った。アリオン伯は眉根を寄せ、ふうむと息をついた。

「かも、しれん。だがそれでは困るのだ。なんとかしてドリアン様を取り戻さねば、われわれの計画は水泡に帰す。ドリアン様の居場所の手がかりは、今のところこの男しかいない。どうにかして居場所を聞きださんことには……」

「しかし、狂っておってはどうにもなりますまい」

「それは、そうだが……」

アストリアスはぐったりと横になりながら、痛む頭でアムネリスの瞳を思い浮かべていた。息子の緑の瞳がまばたくように母親の瞳といれかわって出入りした。今ごろあの緑のくっきりした瞳はどのような風景を見ているのだろう。美しい風景であればよいと思った。暗い部屋や、馬車の中に閉じこめられた光景ではなく。

「ええい、アストリアス」

下を向いて、アリオン伯はやけになったように声をあげた。

「狂っておろうとおるまいとどうでもいい、だが、ドリアン様の居場所だけはどうあっても吐いてもらうぞ。化生がどうとかいうたわごとは耳に入れんからそう思え。お前の心ひとつにモンゴールの未来と希望がかかっているのだということを思いだせ。ただでさえ騒ぎになって、ゴーラの追っ手を呼びよせかねぬのだからな。お前にもしまだ少しでもモンゴール騎士の誇りが残っているのであれば、ドリアン様の行方を白状するのだ。明日、また来る」

護衛の男になにか言うと、アリオン伯はまた扉をきしませて外に出ていった。ふたたび扉が閉まり、がしゃんと錠が下りる。足音が遠ざかっていくと、アストリアスはふたたび寒く、じめついた牢獄の中にぽつりと残された。

痛めつけられた頭、頬や腰がたえまなく疼く。わいてくる血の味のつばを飲みこみながら、アストリアスはアリオン伯の希望は叶わないことを思い、ふたたび声のない笑いに身を揺すって、痛みに息をつめた。どれだけ通ってこようとも、アストリアスにドリアンの行方は教えられない。知らないのだから。

スーティ、それにあの痩せた老人、銀髪金目の巨体の若者、それから、炎の髪をまとった琥珀の目の童女。あの者たちが何者かはわからないが、スーティがともにいる限り、確実にドリアンを守ってくれるだろう。そこでは誰も、ドリアンを駒のように動かしたり、利用したりはしないはずだ。

しばらく気を失っていたらしい。はっと気がつくと、扉についた小さな口から、食物と水が滑りこまされるところだった。起き上がろうとすると背中と腹部に猛烈な痛みが走ったので、少しずつ這っていって、盆の上をのぞき込む。かびくさい堅パンが少々と、水が椀に半分入っていた。口にする気も起こらず、そのまままた横になる。

先ほど痛めつけられた背中と腰がしきりに痛む。片隅に敷かれた寝藁の上に這っていって横になったが、藁は腐りかけていてじっとり湿って臭く、べとついていた。

またしばらく失神したか、それとも眠っていたのだろうか。ふと目を開けると、あたりは暗かった。壁で燃えていた松明も消えている。寒さが這い上ってきて、きしむ節々をかばいながら用心しいしい起き上がる。

妙な雰囲気だった。恐ろしいほどしんと静まりかえっている。自分の耳が聞こえなくなったのかとうたがうほどの静けさに、アストリアスは思わず格子のほうへ這いずり寄って顔を押しつけ、通路を見ようと努力した。

はじめは何も見えなかった。ただ暗い中にわずかな月の光らしきものが光っているのが見えただけだったが、その下に、動くものの気配があった。

息をつめていると、気配は濃くなり、近くなった。肌触りを感じるほど濃密な気配がむっと押し寄せてきて、思わず腰を落とす。冷たい石の上で息を殺していると、暗い中に、かすかな青い光が混じりこんできた。蛍のような青い光が宙に浮いていて、それを明かりのようにして、白い長衣を着て胸に何本もの祈り紐を垂らした痩せた老人が、足を組んで座ったかっこうのまま、ふわふわと宙に浮いて姿を現した。

「あなたは……」

老人はおもしろくもなさそうな渋面でアストリアスをじろりと見た。指を一本上げて宙をひっかくようにすると、アストリアスの両手足から枷がはずれて落ちた。同時に牢獄の扉が音を立ててはずれた。

「いったい……何故――」

「わがまま坊主があのおいちゃんも助けてやらねば駄目だと駄々をこねおる」

老人はぶすっと吐き捨てた。

「早う来い。まったく、わしがなんでこんなことをせねばならんのやら。ええ、忌々しい忌々しい……」

そのまま宙に浮かんですうっと廊下を逆に戻っていこうとする。アストリアスはきしむ身体を支えてなんとか起き上がり、ふらつく足を踏みしめて、牢獄の扉をくぐった。外へ出てみると、空気が妙に重く、どろりと凝《こご》っているように感じられた。

　ひたひたと鳴る自分の足音に気を配りながら歩いていくと、衛兵たちが床に座りこんだり、壁にもたれたりしながら眠っているのに出くわした。ぎょっとして立ちすくんだが、だらりと口を開けて仰向いている顔はどれもアストリアスがいることに気づいていそうもない。前を通ろうかどうしようか、思い切れずにいると、前を行っていた老人から「ぐずぐずするでない、うつけが」と怒声が飛んだ。

「そのようにもぞもぞせんでもそ奴らはわしが命じるまで目覚めたりせんわい。うろうろせずに、黙ってついてくるのじゃ。世話をかけさせるでないわ」

　アストリアスは足を引きずりながら衛兵たちの前を通りぬけ、老人の後ろについた。老人はさかんにぶつくさ言いながら、ふわふわと宙に腰掛けたまま進んで、外に出た。つづいてアストリアスも外に出ると、外は月明かりに照らされた夜だった。満月に近い月が中天にかかり、冷えた月光があたりに降り注いでいる。寝静まった町が黒々とした影に沈んでいる中に、あの、銀髪金目の偉丈夫と、スーティの姿があった。ドリアンは偉丈夫の腕に抱かれておもちゃのように小さく見える。あの炎の髪の童女は、どこへいったのか姿が見えなかった。

「……助けに、来てくれたのか」

気の抜けたような声がもれた。まさか、救われるなどとは思ってもいなかった。スーティたちは今ごろドリアンを連れてはるか遠くにいるものと——

「おいちゃん、おとーとまもってくれたもん」

スーティの前に膝をついたアストリアスを、スーティは焼けただれた顔を恐れる様子もなく頰に手をそえて見返した。

「おとーとまもってくれたから、おいちゃんはいいおいちゃんだ。いじめられるの、だめだもん。ちゃんとやくそくまもるひと、スーティ、すきだ」

偉丈夫のほうを振りあおぐ。眠っているらしいドリアンを抱いた偉丈夫は、牙のようにとがった歯をみせてにやりと笑った。老人がふわふわ浮いたまま近づいてきて、叱るように、「さ、これで気が済んだか」と言った。

「気が済んだらさっさとここから離れようぞ。わしに力を使わせておいて、いつまでも無駄話にぐちぐちと時間を使うのは許さんぞよ」

第四話　雲雀とイリス

1

「サイロンはもう近いのでしょうか」

アクテがそう尋ねるのは朝から四回目だった。リギアは馬車の窓からそっと外をのぞき、「そうですねえ」と応じた。

「もうそれほど遠くないと存じます。双ヶ丘があんなに近くに見えますから」

馬車は快調に街道を進んでいる。アクテは「そうですか……」と小さくため息をつくと、深々と座席の背もたれに寄りかかった。母の隣に座った幼いユーミスが心配そうにすがりつき、膝に抱かれたまだ赤ん坊のナディアがむずかり声を上げる。幼いといえども、母親の懊悩に気づいているのだろう。アクテははっとしたように目を上げると、笑みを作って、子供たちの頬を何度も撫でた。

「心配ありませんよ、ユーミス、ナディア。お母さまは少し疲れているだけです。お前たちはなんにも、心配することなどないのですよ」

リギアは子供をあやすアクテを痛ましげな目で見つめていた。サイロンに到着すれば、アクテは、皇帝位への叛逆を図った夫の行為について申し開きをせねばならなくなる。それを思えば心も暗くなろうというものだ。夫の心もわからないまま、ワルスタット城に幽閉されていたとあってはなおさら。

若きアンテーヌ侯アウルス・アランに守られた一隊は、アランの姉アクテとその子供ら、パロ女聖騎士伯リギア、そしてマリウスことパロ王子アル・ディーンを擁して、ワルスタット城から一路サイロンへ向かっていた。

ワルスタット侯ディモスの真意を問うためパロへと出発していったグインたちを見送り、アウルス・アランが率いて出発した一隊は、先頭の馬車一台にマリウスをひとり乗せ、二台目にリギアとアクテ、それに幼い子供二人を、そして三台目に上の四人の子供たちをわけて乗せていた。パロの王子というマリウスの身分に遠慮したアクテが馬車一台をゆずったのだが、マリウスは「一人じゃ退屈しちゃうじゃないか！　話をする相手もいやしない」とさかんにぶつぶつ言っていた。そもそも行く先がサイロンということでも彼にとってはぞっとすることだった。かつて一度出てきた宮廷であるというだけでなく、格式や儀礼などが重んじられる王宮という場所は彼にとって、すべておぞけを震うほどいやなものにほかならなかったからである。

リギアはそうしたマリウスの気持ちも知っていたが、放っておいた。いまはどうあっても、サイロン、ケイロニアにすがらなければならない身である。アクテやアウルス・アランと同道することになったのは偶然にちかいが、その偶然が、思いがけずもケイロニアにうごめく陰謀の一端にかかわることをさせたのである。いまは一刻も早くサイロンにつき、安堵したかった。クリスタルから追われつづけてきた竜王の魔道の手が、いまだに、くろぐろと裏で蠢《うごめ》きつづけているのを感じていたのだった。

城市を囲む七つの丘をぬけて、馬車隊はしだいにサイロンに近づいていく。

晩秋に入って、サイロンははや冬のこしらえであった。市場では毛皮が店頭に山をなし、寒さが本番を迎えないうちに買っておこうという客が群れをなしている。食堂の前ではあたたかい鍋物が湯気をたて、首筋を撫でる寒風に身を縮めながら立ったままますりこんでいるのがいる。黒々としたケイロニアの木々は風の前にしずまり、土ぼこりを蹴立てて進んでいく馬車隊の上に大きな手を振るようだ。

サイロン、黒曜宮——すでに前もって使者が走らされていたため、跳ね橋はおろされ、ずらりと出迎えの兵が居並んでいた。犬の頭立てをつけた赤犬騎士団が左右にずらりと並び、馬車が止まるのを待っている。城壁を越えて先頭の馬車が止まり、小姓がさっと走って扉を開けた。ふてくされたような顔のマリウスが顔を出して、馬車を降りると、ここぞとばかりにラッパが吹き鳴らされ、告げ役が大きな声で呼び知らせる。

「パロ第一王子、アル・ディーン殿下！」

階の上では宰相のハゾス・アンタイオスが、文官をつれて出迎えに出ている。むっつりしながら階段をのぼるマリウスに、ハゾスは多少こわばった笑顔で進み出て、

「ようこそ、アル・ディーン殿下。お初にお目にかかります――ケイロニアにて宰相をつとめております、ハゾス・アンタイオスでございます」と言った。

マリウスはじろりとハゾスを見ただけで返事をしなかった。マリウスはむろん、ハゾスを知っている。オクタヴィアの夫、ササイドン伯マリウスとして宮廷にいたときから顔見知りではあるのだが、公的にパロの第一王子アル・ディーンとして黒曜宮を訪ねることはこれがはじめてであったため、ハゾスはわざとこうしたのである。かつて婚姻の絆で結ばれていたオクタヴィアはいまや皇帝であり、ここでマリウスとアル・ディーンが混同されるようなことが起こればことはややこしくなる。ここはあくまで、「初めてやってきたパロの王子」としてマリウスを扱わなければならないのだ。

つづいて二台目、三台目の馬車が止まり、アクテとリギア、そして子供たちが降りてくる。高らかに名前が呼ばれる中、リギアは、正式な騎士の礼をもってハゾスに応えた。

「恐れいります、ハゾス様。もっと早くに到着するつもりだったのですが、思わぬ事情で遅くなってしまいましたわ」

「ご苦労、お察しいたします。どうぞご安心なさっておくつろぎください。アクテ夫人、

お噂はかねがね」

スカートを広げて貴婦人の礼をとるアクテに、ハゾスは親しげに語りかけた。

「ディモスからしばしばお話は聞いております。お話通りにお美しい。お子様がたも、みな、ご健勝ですかな」

「はい……はい、ハゾス様」

アクテの目には涙がいっぱいたまっていた。

「おかげさまをもちまして、子供たちはみな元気です……あの……夫のこと、いまは……」

「そのことはまたあとになってから話しましょう。とにかく、よく来られた。部屋を用意させますゆえ、ごゆるりとなさるがよい」

「ハゾス殿」

馬を降りたアウルス・アランが、息を切らせながら階段を上がってきた。

「どうにも、わからないことだらけです。義兄が……あのワルスタット侯が――」

「そのことも、アラン殿」

息せき切ってしゃべりかけようとするのを、目顔で周囲をさして押しとどめる。

「のちほど、人払いをしてから。……このようなところで話すには、いささか」

はっとしてアランが口をつぐむ。ハゾスは先頭に立って一同を先導し、ぶすっとしたままのマリウスを始め、リギアとアクテ、子供たち、アランを、黒曜宮の中に請じ入れていった。

リギアが通されたのは、二間続きの、一目見たところは簡素でありながら、実際には贅沢にととのえられた一室だった。黒曜宮の名にふさわしく黒曜石を使った壁に、金糸織りの綴織《つづれおり》がかけわたされている。運ばれてきたカラム水をリギアがひと息つきながらすすっていると、ばたばたと足音がして、扉が開いた。

「リギア！　ああ、よかった、ここにいた」

「どうしたの、マリウス」

カップをおろして、リギアはため息をつきつつ言った。

「何か、こちらのおもてなしに気に入らないことでもあるの」

「気に入らないもなにも、気に入らないことだらけだよ！　いいかい、僕は――」

扉をしめて、リギアに向かい合ってだらしなく寝そべるように身を投げだしながら、マリウスは嘆いた。

「僕は、二度とこの黒曜宮には戻らないつもりでいたんだよ。ササイドン伯なんてがらじゃない、皇女の夫なんてとんでもない、こんな鳥かごに閉じこめられていちゃ息が詰まって死んじまう――そう思ったからタヴィアにも、せんの皇帝陛下にも別れを告げて、もとの気ままな旅暮らしに戻ったっていうのに、この宮殿ったら！　僕がアル・ディーンって名乗ってると見りゃ、あっという間に女官だの、侍童だの、なんだのがよりあつまってきて、よってたかってやいやい言うし、ハゾスはいやな目で僕を見るし、キタラを弾こうとしても気が散ってちっとも集中できやしない！　僕はたしかに、ちょっとの間だけならパロの王子であるのを承知したよ、でも、だからといってまたこんな籠の鳥あつかいされるのは耐えられない。お願いだから僕をほっといてくれって、みんなに言っておくれよ、お願いだから！　僕はこんなところにいたら、そのうち干からびて骨と皮とになっちまう！」

「それでもあなたは王座の第一継承者なのよ、マリウス——アル・ディーン殿下」

さとすようにリギアは言った。

「彼らはあなたの身分にふさわしいあつかいをしようとしているだけよ。それが彼らの仕事なんだから、文句をいったって仕方がないわ。ハゾス卿があなたをわざわざ王子アル・ディーンとして触れさせたの、きいたでしょう？　ハゾス卿はどうしても、あなたを以前のササイドン伯マリウスとはまったく別の人間として扱わないわけにはいかないのよ。だって皇帝陛下の以前の夫が戻ってきたなんていったら、大騒ぎのもとですもの。だからなんとしてもあなたは、王子アル・ディーンとしての扱いを受けなきゃいけないのよ。ケイロニアにだって事情があるのよ」

「そんな事情なんて知るもんか！」マリウスは泣き声をあげた。

「僕はやっぱりここへ来るべきじゃなかったんだ。いまからでもいい、僕は出ていく。こんなところ、一秒だっていられない。僕を以前のマリウスだと知ってるやつらがひそひそするのにもうんざりだ。二度と戻らないって決めた場所に、やっぱり来るべきじゃなかったんだ」

「待ちなさい、マリウス」

　するどくリギアは言った。

「だめよ。今度ばかりは、あなたはここにいてもらわなければならないのよ」

「な、なぜさ」

「忘れたの？　わたしたちは、パロの生き残りとして正式にケイロニアに助けを求めるためにここにいるのよ」

「そ、それが、どうしたのさ……」

「わからないの？　正式に、ということは、それなりに身分のある人間がケイロニアに助けを求めないとならない、ということなのよ。わたしはただの聖騎士伯で、とてもそんな器じゃない。でもあなた、パロの第一王子のあなたなら、ケイロニアだって無視はできない。耳をかたむけなければならないわ」

「…………」

「クリスタルに居座ってるイシュトヴァーンや、まだうろついてるかもしれない竜頭兵を追い払うには、どうしたってケイロニアの後ろ盾がいるのよ。あなた以外に誰が、その後ろ盾を求められるっていうの。あなたがもうサイドン伯マリウスじゃなくて、パロ王子アル・ディーンだっていうのは、そういう意味だわ。あなたはパロのためにここにいて、オクタヴィア女帝陛下にパロの救援を依頼しないといけないの」

「パ、パロのためって」

マリウスはいまにも泣き出しそうだった。

「ひどいよ、そんなの。そりゃ、僕だってパロは守りたいし、イシュトヴァーンのちくしょうはなんとかしたいけど、でも、だからって、僕にここに留まってがまんしろだって？　ひどいよ、そんなこと、僕はそんな」

「いくらいっても無駄よ、マリウス。今度ばかりは、あなたのわがままは通らないの。パロで死んだ人たちのためにも、いてもらうわよ、マリウス、いいえ、アル・ディーン殿下。あなたは国《パロ》の代表としてここにいるの、どうか、忘れないで」

マリウスはぱくぱくと口を開けてなにかいおうとした。しかし、結局なにも言うことができず、ふらりと立ちあがると、雲を踏むような足取りでふらふらと扉へ向かった。扉を開けると、ちょうどそこに、先触れの小姓が立っていて、ぶつかりかけてぎょっとしたように身を引いたが、マリウスのほうはほとんど気がついた様子もなく、よろよろとそのまま廊下へ出て行ってしまった。

「なに？　どうしたの」

「あ——ハ、ハゾス様が、聖騎士伯リギア様にお話を聞きたいので、少しお時間をいただけないか、とのことです」

「わかりました。どうぞ、いらしてくださいとお伝えして」

「ありがとうございます。では」

小姓が扉を閉めると、リギアはカラム水を飲み干し、ほっとため息をついた。マリウスが出ていった扉をほろ苦い思いで見つめる。

とにかく縛られることが大嫌いなあの乳兄弟が、かつては身を置いていたことのある黒曜宮へ来るには、複雑なものを抱いているとは知っていた。しかし一日とたたないうちに泣きついてくるほど嫌だったとは——いや、少なくとも、なにも言わずに逃げ出してしまうほどでなくてよかったのかもしれない。

クリスタル・パレスではある程度「アル・ディーン様はああいうおかただから」と比較的自由にしていられたものの（人員が足りなかったために、あまり世話をさせる余裕がなかったということもある）、この広壮な黒曜宮では、他国の王子、それも第一王位継承者となればそれこそ下にも置かぬあつかいをされるだろう。そして本人のふるまいも、それに準じたものを要求されるだろう。ササイドン伯として皇女の夫であったときに比べればまだしも客分なだけ自由かもしれないのだが、それでも、マリウスにとっては黒曜宮そのものが息の詰まるような悪夢の生活そのものに思えるのだろう。

（でも、今度ばかりはだめ）

イシュトヴァーンがリンダ女王を擁してパロの王位を僭称するような事態にでもなったとき、正統な王位継承権を持つ者の存在は大きな抑止力になる。少なくとも王子アル・ディーンがケイロニアに身を寄せている事実があれば、ケイロニアはそれを旗印にイシュトヴァーンの非道を非難し、正統な王位継承者に王国を返すよう要求することができる。そのためにも、いまはマリウスにはアル・ディーンでいてもらわなければならない。ケイロニアから逃げ出して、放浪の旅などに出られてはたまらない。

扉にひかえめなノックの音がして、ハゾスが滑りこむように入ってきた。リギアは立ちあがって迎えた。

「なにか、足りないものはございませんかな」

「いいえ、ありがとうございます。快適ですわ。さすがは大ケイロニアと感じ入っているところです」

ハゾスは唇をゆがめるようにして笑うと、失礼いたします、といって腰をおろした。リギアも、うながされて座る。小姓が新しく熱いカラム水を運んできた。ハゾスは扉のほうへ目をやりながら、

「アル・ディーン殿下がおいでになっていたそうですな」

色をしていた。

リギアはハゾスの目を見た。宰相の青灰色の瞳は、すべての事情を含んであまりある

「そうでしょうな。だがしかし、今は我慢していただかねばならない」

「息が詰まりそうだという文句を聞かされましたわ」

リギアはうなずいた。

「厄介なものを持ち込んで来てくれたとお思いなのでしょうね」

「滅相もない。ただ、オクタヴィア陛下の御世がいま少し落ちついたあとであったなら

とは思いはしますが」

「その点については申しわけございません。でも、わたしたちが助けを求められる場所

は多くはございませんでしたわ。イシュトヴァーンにリンダ陛下を抑えられていては、

王位継承者を安全な場所に逃がすことを第一に考えねば」

「わかっております。詮無い繰り言を申しました、お気になさらず。さて」

ハゾスは座り直した。

「あらためて、クリスタルであったことから、ワルスタット城であったことまでを話し

ていただけますかな。いずれブロンやアウルス・アラン殿からも話はききますが、アル

・ディーン殿下は、どうも私とは話をする気がないらしいので」

リギアはうなずいて、前に置かれたカラム水をひとくちすすり、それから、手を膝の

上に組んでゆっくりと語り始めた。

話はクリスタルに侵入したイシュトヴァーンのことから始まり、彼がひとたびは王城への侵入に失敗したこと、そして、彼がどうやら魔道師の力を借りて、竜頭兵なる鱗の生えた怪物の群れをクリスタルへ呼び込んだことへと及んだ。リギアはマリウスと二人で下町の宿屋へ足を踏みいれたことを語り、傭兵たちの死体がさなぎのようになって竜頭兵を生んでいたことを語ると、ハゾスの目が鋭くなった。

「死体がその……竜頭兵に変身していたと？」

「死体じゃなかったのかもしれない。生きていたのかもしれない。まるで身体の皮を脱ぐようにして、竜頭兵はこの世に現れたわ。彼らは直前まで宿屋の食堂の椅子に座っていたような格好だった。もしかしたら、竜王の魔道は、人間を生きたまま竜頭兵に少しずつ変えていくように働いていたのかもしれない……わからないけれど」

そしてリギアはマリウスを連れて竜頭兵と戦いながら宿屋を脱出し、そこで駐留軍の隊長のブロンに助けられて、ヴァレリウスを拾い、クリスタルを脱出したのだった。

内乱で疲弊したパロ国内には留まるべき場所がなく、赤い街道を北上してケイロニア領内のワルド城へ入り、そこでグインの訪問を受けた（ハゾスは聞いていなかったらしく、驚いた顔をした）。だがそこも、ふたたび起こった怪物の襲撃に遭い、居ることができずにふたたびサイロン目指して街道を北へとのぼった。

「ワルスタット城でのことは、正直わたしにもよくはわかっておりません。城に招かれたと思ったら薬をもられ、部屋に閉じこめられておりましたから。ただ、抜け出す道を求めて部屋をしのび出て、歩いている間に、アクテ様が幽閉されていらっしゃる部屋を見つけて、そこでお会いしました。

アクテ様のお話では、ラカントとかいう男がワルスタット侯の代理人としてやってきて、アクテ様がたを閉じこめたと伺いましたが」

「アクテ様はお疲れのご様子でしたのでまだくわしいお話はお聞きしておりませんが、お続けください」

「そうしているうちにアウルス・アラン様と、グイン陛下が救出にきてくださったのですわ。わたしはほとんどなにもしていません。アウルス・アラン様麾下の騎士様がたと、陛下がやってきたことでラカントは逃亡したようです。その後、捜索隊も出たようですが、彼の痕跡を見つけることはできませんでした。その後、どこに姿を現したとも聞きません。逃げてしまったのか、それとも殺されたのか……」

考えこむようにリギアは言葉をとぎらせた。ハゾスはすっかりさめてしまったカラム水を前に、じっとあごに手を当てている。

「いずれにせよ、そのラカントという男、ひいては、ワルスタット侯が本当に夫人や子供らを監禁したのか、ということになりますな」

「はい。ですから、グイン陛下はその真偽をただすために、パロへと向かわれました。まだ、お戻りではないのですか、陛下は？」

ハゾスは重々しく頭を振った。

「われわれとしても一日も早いお帰りをお待ちしているのですが、いまだ」

「そうですか。――いずれにせよ、陛下がクリスタルで何をご覧になるかはわかりませんが、きっと何かをつかんで帰られると存じます。竜頭兵ごときに後れをとられる陛下ではございませんもの」

「さようでございますな」

ハゾスはいささか疲れた顔で笑ってみせた。

「陛下のご不在をごまかすために、私がどれだけ苦労しているかをお知りになれば速攻飛んで帰ってきてくださってもよろしそうなものだと思うのですが。替え玉でしのぐのもそういつまでもは保ちませんし――一日一日ごとにひやひやして、こんなに苦労しているのにグイン陛下は何をなさっておいでだろうかと、うらめしくなることもないではありませんよ」

「まあ、宰相というものは、どちらの国でも同じようなことをおっしゃるものなのでしょうか」

リギアは思わずおもしろくなって言った。

「ヴァレリウスもしょっちゅう、身が保たないとか、そういったことを口にして暗い顔をしておりましたが、ハゾス様も似たようなことを口になさるのですね」

「グイン陛下あっての私ですからな」ハゾスはひかえめに、

「あのかたとのつきあいも長くなりますが、あまりに思いきったことをなさるので、私のような凡人はしょっちゅう度肝をぬかれておりますよ」

「お察しいたしますわ。ワルスタット城にとつぜん陛下が姿を現されたときは、わたし、夢を見ているのかと思いましたもの」

「ともあれ、一日も早く国を思いだして戻ってこられることを祈るのみです。それも無事に」

ハゾスは立ちあがって、リギアに一礼した。

「どうも長々とお邪魔いたしました。お話をうかがって、どうやら事態の容易ならぬことを実感いたしました——ケイロニアもまだ悪疫と魔道の災厄の被害から立ち直れているとは申せませんが、オクタヴィア陛下にも申しあげて、なんらかの助力をお願いしてみましょう。イシュトヴァーン王の動向も気になります。彼がもしパロを足下にふみにじったとあらば、その暴虐は見過ごすわけにはいかない。グイン陛下が戻られしだい、御前会議にかけて、対応を協議致しましょう」

「よろしくお願い申しあげますわ。わたしたちは頼る者のない身の上ですから」

リギアは席から立ちあがって丁寧に礼をした。ハゾスは答礼し、衣擦れの音を立てて、リギアの居室から出ていった。

2

（さて、どうやら、難儀なことになってきたようだぞ）

黒曜宮の廊下を歩きながらハゾスは考えていた。

リギア聖騎士伯から聞いた限りでは、クリスタルはほとんど壊滅にもひとしい打撃を受けたらしい。人が怪物に変化し、人々をおそったという話も、以前のハゾスであれば話半分にしかきかなかっただろうが、いまはサイロン自身が、おそらくは魔道の仕業と思われる黒い病の流行に苦しみ、その傷さえ癒えないうちに、今度ははっきりと魔道師たちの争いによる大災厄に巻き込まれたばかりである。キタイの竜王ヤンダル・ゾッグ、そのいまわしい魔道の力がパロにも、ケイロニアにも、吹き荒れていることはたしかである。

あるいはゴーラのイシュトヴァーンもその手先に使われているのかもしれない。新興のゴーラを国と認めるかどうかについては、つい最近、ケイロニアはその存在を認める姿勢を明らかにしたばかりだが、ひょっとしたら、その対応をくつがえさなければならぬかもしれないとハゾスは思った。

ケイロニアを守る宰相としてはできるかぎりそうした魔道やらからは遠ざかっていたい――が、パロは友邦でもあり、その首都が蹂躙された上ゴーラの王にのっとられた状態であるというのを、座視しておくのはケイロニアの体面にもかかわる。

（グイン陛下さえ戻ってきておいでならば……）

もう少し自分の肩の荷も軽くなるのだがと陰鬱な思いである。やはり、グインが居なければ、この国はどうにも背骨がさだまらない。アキレウス大帝もはや亡く、オクタヴィア女帝はいまだ国体を支えるというには若すぎ、実績がなさすぎる。女性だというのはいうまでもない。女だからとオクタヴィアをかるく見る気はみじんもないハゾスだが、為政者としていまだ重みが足らぬことは否定できない。

宰相としてグインのいないときこそしっかりと国を支えねばとは思うのだが、クリスタルの壊滅やゴーラ王の暴虐といった問題が起こってくれば、どうしても宰相ひとりの裁断ではことは成りかねる。サイロンの再建もまだなかばな今、グインの果断さは国のためになければならぬものだ。

その果断さが、げんざいグインを遠くパロへとゆかせているのでもあるのだが、ハゾスとしては心から、無事に早くグインが戻ることを祈るしかなかった。ディモスのことも気にかかる。心の底からまじめで、純朴で、妻を愛する子煩悩な父親だった男が、いったいどうしてしまったのだろう。オクタヴィアの戴冠式のときにも、なにやら、気にかかることを口にしていた。あのとき、しっかりと話を聞いておくべきだったとほぞをかむ思いだったが、悔やんだところで過ぎた時間は戻りはしない。

（そうだ、ディモスと言えば――）

通りがかった小姓を呼び止めて、アクテがどうしているか訊く。もし体調が許すならば、部屋にうかがって話を聞きたいと伝言を持たせて送り出す。小姓が急ぎ足でかけていくのを見やって、ハゾスはそのまま歩き続けた。

執務室へはいって、ひとつ息をつく。

思えば、そもそもグインがはるばるベルデランドへまで出向くことになったのも、自分が、シルヴィア皇女の産んだ不義の子を、ローデス侯を通じて北へと里子に出したためであった。

その時の手配に、ハゾスはいまも引き裂かれる思いでいる。それからのちに、敬愛する主であるグインにとっての不利となり、またあの男のみかけによらずやさしい、やさしすぎるほどの心に傷をつけたことであるが、国の安定と体面を考えたとき、父親もさだかでない不義の児を、いくら帝室の血を引く男児であったとはいえ、そのままにしておくことはできかねた。いかに良心のとがめに腹を食い荒らされようとも、ほかにとれる道など無かったはずなのだ。

（シレノスの貝殻骨――どこまでも、あの方はグィン陛下の足をすくうことになる……）

シルヴィア皇女のゆくえはいまだ知れない。酷薄かもしれないが、もうこのまま見つからないほうがよいと、ハゾスはひそかに思っている。見つかったところで、すでに帝位にはオクタヴィアがおり、汚名にまみれたその妹など、戻ってきたところで国にとっては害しかもたらさない。せっかくオクタヴィアをもり立てていこうとする国内に、また要らぬ波風を立てることにしかならない。

シルヴィアを思いつづけているグインには酷なことだろうが、シルヴィア皇女は死んでいたほうがよかったのだとハゾスは思わずにはいられない。彼女が生きていればまた、ただでさえ不安定なケイロニアの政治にひびを入れようとする輩が出てこないともかぎらない。

シルヴィアを闇が丘へ幽閉するにあたって、どれほどグインが胸を痛めていたか、そばで見ていたハゾスがもっともよく知っている。それでも心を鬼にして、グインの心と地位を守るために、子を隠し、シルヴィアを引き離した自分は間違ってはいなかったと信じる。それがあとになって、帝位を狙う徒により曲げてとらえられ、皇位継承者を幽閉して権力を私しようとしたと非難されることになったのには憤激と暗然たるものをおぼえずにはいられない。シルヴィアの件で誰よりも傷つき、心を痛めているのは、グインその人であるというのに。

扉をそっと叩く音がした。

「あの、ハゾス様」さきほどの小姓だった。

「アクテ様はお目覚めで、どうぞいらしてくださいとのお返事です。アンテーヌ伯アウルス・アラン様もごいっしょで、ぜひ同席させていただきたい、とのおおせです」

「わかった。いま、いく」

ハゾスは執務机をはなれて立ちあがった。


「お疲れのところ、恐れいります、アクテ殿」

「いいえ、ハゾス様」

アクテは寝台の上に、青ざめた顔で横になっていた。部屋に入ってきたハゾスが非礼をわびると、アクテはかぶりを振って、

「このような姿で失礼いたしました。それほど気分が悪いというわけではありませんのよ、ただ、この子が、無理をしてはならぬと申しまして、どうしても寝台から出してくれぬのです。ほんとうに、小さかった弟が、どうしてそのように頭ごなしにものを言うようになったものやら」

「姉上が気を張ってばかりいらっしゃるからですよ」

そばにいたアウルス・アランは怒ったように告げた。ハゾスに向かって、

「宰相閣下、アンテーヌ伯としてランゴバルド侯に申しあげますが、どうぞ姉を女人として手あつく扱ってください。姉は何も知らぬまま、義兄の名を名乗る手先によって監禁され、身も心も疲弊しています。義兄がもしほんとうに何か暗いたくらみに飲まれているとしても、姉は関係ありません。義兄——ワルスタット侯ディモスについては、私にも、お話ししたいことがあります」

「もちろん、アウルス・アラン殿」

まだ少年らしいものを残した秀麗な顔を紅潮させるアランに、ハゾスはなだめるように手を上げた。

「私はアクテ殿を責めようと思って話をしに来たわけではない。ただ、何が起こったのか、何が起こっているのかということを、ケイロニアの宰相として把握しておかねばならないだけだ。アクテ殿をどうこうしようという心は持っていないから、どうか安心してほしい」

「ハゾス様、わたくしは大丈夫ですわ」

気丈にアクテは寝台の上で背筋を伸ばした。

「夫がいったいどうなってしまったのかは、わたくしがいちばん知りたいのです。わたくしの知っている夫であれば、わたくしはともかく、子供たちまでも監禁するように命

じるような、非道なことなどできないはずです。あのラカントという男がほんとうに夫から命令を受けていたのか、わたくしは今でもうたがっているのです。夫がわたくしや子供たちに、そんなことなどするはずがないと……」

アクテはすがるような目をハゾスに向けた。

「ハゾス様。夫は、いったいどうしてしまったのでございましょう」

「それは、お話を聞いてからまた判断いたしましょう。まずはアクテ様、何があったのかお話し願えましょうか」

アクテは迷うように弟に視線を向けると、低い声であったことを語り始めた。

それは多くの部分でリギアが語ったことと重なっており、ラカントと名乗る男がディモスの署名の入った命令書を手に城にやってきて、自分と子供たちを監禁したというところでは同じだった。

「――それからグイン陛下が部屋にいらして、わたくしどもを救い出してくださったのですわ」

と話を結んで、アクテはハゾスをじっと見つめた。今話したことから、今にも真実をつかみ出してくれとでもいうような、祈るような目つきだった。

ハゾスはしばらくあごを撫でながら考えていた。

「その、ラカント伯とやらいう男には、なにか特徴がありましたかかな。以前に見覚えか、聞き覚えがあったというようなことは」

「いいえ、何も。なにかつるりとした、いつもうす笑いを浮かべているような容貌の男でしたが、城にやってくるまでに見たことは一度もありませんでしたし、名前を聞いたこともなかったと思います。ですからよけい、信じがたかったのですわ。見たことも聞いたこともないような男に、夫が自分の署名の入った命令書を渡して、わたくしどもを幽閉させるなどと。

もし、夫が自分の名代を務めさせるほどに信用して身近に使っていたのなら、これまでにも会ったり、少なくとも名前を聞くくらいのことはあってもよさそうなものなのに、そんなことは一度もありませんでした。見たことも聞いたこともない男に、私たちを思うようにさせるなどということは、夫は決してしないはずです」

「そういえば……ラカント伯！」

ハゾスの目が鋭くなった。

「その名はグイン陛下からお聞きしたことがある。以前、ササイドン会議を中絶させた五千からのゴーラ兵の消失事件があった森に通じる街道上に、ワルスタット城の出城があった。確か、その出城の主の名が、ラカントだった」

「そんなことが……でも夫は、一度もわたくしたちにそんな話をしたことがなかった」

ガウンの胸元をぎゅっとにぎりしめて、アクテは身を乗り出してきた。

「夫はラカントに騙されて……いいえ、もしかして、脅されてでもいるのでしょうか。ラカントの後ろに何が、あるいは誰がいるのかは知りませんが、夫はわたくしたちを盾に取られて、何か恐ろしいことにまきこまれてでもいるのでしょうか」

アクテは懇願するように両手をねじり合わせている。彼女としては、夫が突然別人になったようにふるまうことを受け入れるよりは、夫が騙されるか、もしくは脅されているのだという話のほうがまだ納得できるのだろう。

「姉上」

アランがもの柔らかに割って入った。

「お気持ちはよくわかります。私も、義兄上がただ騙されているか脅されているかならまだよいのです」

「……そうね、アラン」

部屋は火が焚かれていて暖かだったが、アクテは寒さを感じてでもいるように両腕で身体を抱くようにしてきつく締めつけた。

「ディモス様がなさったことを、お話ししなければならないのよね……」

「ハゾス殿がここにいらっしゃる今なら」

アランは冴えた青の瞳をハゾスに向けた。

「何か、話すべきことがおありなのですか？　アラン殿」

「はい。これはアンテーヌにもかかわることです。申しあげておきたいのですが、これによってアンテーヌに処分が下されることがあれば甘んじてお受けします。しかし、その前に、父が私にアンテーヌ侯を譲っていたこと、そして私が今から進んでこの話をあなたに告げることを考えていただきたいのです。姉には罪がないように、わが故郷アンテーヌにも罪はありません。すべてはかの、ラカントと、その背後にいる者とがくわだてたことなのですから」

「わかりました。とにかく、お話をお聞きしましょう、アラン殿」

アランはふっと息をついて、何事かを決意するように大きく息を吸った。そして目を閉じ、意を決したように目を開けて、静かに話し始めた。

オクタヴィアの戴冠式から戻って数日後にやってきたあやしげな男のことをアランが話し始めたとき、アクテは恐ろしそうに息を呑んだ。そして、その男がラカントと名乗り、言葉巧みにアンテーヌとケイロニアとの絆を揶揄《やゆ》するようなことを口にし始めたことを聞くと、アクテの身はこまかに震え始めた。ラカントがふところからワルスタット侯の印章入り指輪を取りだしてみせたことまで話すと、アクテの顔はすっかり色を失っていた。

震えている姉を気がかりそうに見やりながらも、アランはさらに話し続けた。

十二選帝侯会議でアンテーヌが中立を保ったことをつき、ロンザニアの黒鉄鉱の値上げを扇動したことを逆につかれると、今度はシルヴィア妃とその不義の子のことを持ち出して、グインこそが十二選帝侯間にひびを入れた張本人であると述べ立てた。

ハゾスはぴくりともせず聞いていた。

――そしてそれでもアンテーヌ侯アウルス・フェロンが動かぬと見ると、仕上げだとでもいうように、指輪の入っていた袋から書面を取りだした。それには、ワルスタット侯ディモスがケイロニアの支配者として立つために、義父アンテーヌ侯に最大の支援と配慮を求めるむねの内容と、ディモスの署名があり、印章が捺されていた。

「……父アウルス・フェロンが無下にそれを一蹴することができなかった理由はわかっていただけると思います」

紙のような顔色の姉を気づかいながら、アランは言った。

「ラカントはわざわざ姉上の名前を出して、皇后の冠と衣装がさぞ似合うであろうと義兄が言っていると告げたのです。……つまりラカントはワルスタット城の姉上たちを盾にとって、アンテーヌが同盟に合意しなければ姉上たちを害すると暗に告げていたのです。父アウルス・フェロンは、いったんその同盟を受け入れるふりをしました」

「どうだったのですか、アラン殿」

身じろぎもせずにハゾスは尋ねた。

「書面は確かに、ディモスの手になるものだったのですか？」

「……はい。その筆跡も、署名も、剣と林檎の紋章も、まさしく義兄のものでした」

歯を食いしばるようにして告げたアランに、アクテは耐えかねたように「ああ！」と叫ぶと、顔を覆って俯《うつぶ》してしまった。

「姉上」

アランは寝台のそばによって、しゃくりあげる姉の背中をやさしくさすりながら語りかけた。

「つらいことをふたたびお聞かせして申しわけありません。しかし、私たちのところへあのラカントが持ってきた書面は、どこからどう見ても、ディモス義兄上の手になるものに間違いなかったのです、ハゾス殿。

父上はいったん同盟を受け入れるとみせて、私にアンテーヌ麾下の騎士を預けるとおっしゃいました。私はそれを受けて、ワルスタット城におられるはずの姉上の身をお守りするため、長駆ワルスタットまで駆けたのです。そしてそこで、グイン陛下とお会いし、姉上と子供たちを解放する首尾がかなったのです」

石のように動かないハゾスに向かって、アランは首をかたむけた。

「私の話はこれだけです。口にするのも恐ろしいことながら、宰相閣下、わが義兄ワルスタット侯ディモスがオクタヴィア陛下の帝位が決定しているにもかかわらず、ケイロニアの支配権を手に入れようと画策しているのは事実であると思われます。むろん、本人に質したわけではありませんから間違いないとまでは申しませんが、書状の筆跡と署名は、間違いなく義兄本人のものでした。

グイン陛下はそれを確かめるためにクリスタルへと向かわれたのです。また、リギア殿がおっしゃるようにクリスタルが竜頭兵によって壊滅しているというのに、義兄はなにひとつ傷を受けたようすもなく、平気な顔でオクタヴィア陛下の戴冠式に出席していたという話を聞いて、やはり、明らかに何かがおかしいと私は思うようになりました。

グイン陛下はそのあたりのことについても明らかにするとおっしゃっておられます。

魔道には、人の人格を変えたり、自在に操ったりする術があると聞きます。そうした術に、わが義兄がかけられているのかもしれません。クリスタルを蹂躙したのは、そうした魔道の産物であったと聞きます。もしかしたら、同じような魔道の力が、わが義兄ディモスにも働いているのかも」

ひと息置いて、

「だからと言って、叛逆の罪が消えるとは思いませんが」

と、ため息のようにつけ加えた。アクテは切れ切れな声ですすり泣いている。一度はグインに向けて叛逆者の家族としての覚悟を示した彼女も、いざ本国へ戻り、宰相の前で夫の犯した罪を入念に語られると、あらためて身に応えるものがあったようだ。

「……もし、魔道だとして、そのような力に操られている者がケイロニアの中枢にいるとしたら、ゆゆしきことだな」

喉を絞められたような声でハゾスは言った。

「その通りです。グイン陛下がクリスタルへとゆかれたのも、その不安があるからです。義兄は少なくとも、いまだにワルスタット侯であり、十二選帝侯のひとりです。もし魔道に操られたまま、義兄がケイロニアの中枢部に参画し続けるなら、それは重大な危機となり得ます」

「なるほど。……じつはな、アラン殿。私も、ディモスには何か奇妙なものを感じていたのだ」

「奇妙なもの、と申しますと」

「オクタヴィア陛下の即位式のときにケイロニアに来たとき話したのだが、……どうにも、私の知っているあの男らしくなかった」

ハゾスは当時を思いだしながら目を細めた。

「そもそもサイドン会議において、グイン陛下の皇帝即位に信任票を投ずると私と約しておきながら、実際には不信任票を送ってよこした。そこからしてまずおかしいのだが、ロンザニア鉱山への値上げの教唆《きょうさ》を私が問い詰めると、ひどく取り乱して脂汗をかいていた——」

「ロンザニアにもラカントは送り込まれていたということでしょうか」

「おそらくそうだ、と私は思っている。そしてディモスは間違いなくそれにかかわっているのだ。申し訳ない、アクテ殿」

顔を覆っているアクテに、ハゾスは面目なげに言った。

「ますます御心を痛めさせるようなことを言ってしまった。しかし、魔道にかけられているにせよ、なんにせよ、ディモスが以前の彼でないことは明白なのだ。私は宰相として、そのような人物が存在することを放っておくわけにはいかない」

「……はい。ええ、承知しております」

アクテは涙をぬぐうと、きっと顔を上げてハゾスを見上げた。

「夫がパロへ行ってから、どことなく手紙や送ってくるものに奇妙な感じを抱いておりました。質朴で、甘いことなどなにひとつ言えぬあの方が、愛しているとか、美しきわが妻とか、歯の浮くようなことを平気で書いてくるようになりました。贈り物も豪奢な絹や宝石になって……手紙には強い香水のにおいがいたしました。わたくしはひそかに、夫はパロでだれか別の女性といるのではないかと疑い、いいえ、あの方がそんなことをなさるはずがないと、何度も打ち消していたのです。でも、今聞かせていただいたお話で、目が覚めました。夫は、変わってしまったのですね」

「あなたには酷い話ではあるが、そう考えざるを得ないだろう。とにかく、グイン陛下がクリスタルへ赴かれたのであれば、そのお帰りを待つしかないのだが。はたしてディモスと対面して、何が起こるのか……」

「いくら義兄でも、グイン陛下に剣を向けるほど無謀ではありますまい」

いくらか心細そうにアランは言った。

「それとも、魔道にあやつられているとしたら、その判断もつかなくなっているでしょうか？　グイン陛下を害したてまつらんとして――」

「いや、もしそうなっても、むざむざと手にかかるような陛下ではあるまい。ディモスはこのハゾスの友でもあるが、陛下の友でもある。むやみに傷つけたり、いのちを取ることまではなさるまいと思う」

ハゾスは頭を振った。

「いちばんよいのはディモスを捕縛してケイロニアへ連れ帰ってくださることだが――もし、ディモスが魔道によって操られているのだとしたら、その魔道をかけたものがそれを許すかどうかはちとあやしいな」

「これもまた竜王の……ヤンダル・ゾッグのしわざであるということはないでしょうか？　黒死の病や、あの魔道師同士の争いの影にもヤンダル・ゾッグの手が動いていたと、グイン陛下からお伺いしておりますが」

「わかりませんな。しかし、その可能性は高いと思われる。かの竜王はグイン陛下を手に入れんとしてしきりに画策していると聞くが、こたびのディモスの変貌もまたそのひとつだとしたら――」

「ハゾス殿、もしかしたら、グイン陛下をクリスタルへ呼びよせることこそが、竜王のたくらみであったらいかがいたしますか」

アランがふと思いついたようにいい、それから、自分の口にしたことの意味に気づいたように色を失った。

「いや……そんな、それでは、陛下はみすみす敵のわなの中に身を投じられたことになる、まさかそんなことは……！」

ハゾスも蒼白になった。

「そ、そんな――陛下のことであるから、そう簡単に魔道師の手に落ちるなどということはありはすまいが、万に一つということもある。しかし――竜王ヤンダル・ゾッグ……かの、正体不明の魔王の意図するところであったなら……」

「わたくしの夫が、そのようなわなの餌に使われたとおっしゃいますの」

アクテが息を呑んで弟の手にすがった。

「ああ、アラン、うそだといって。ディモス様が、そのような――グイン陛下を陥れる悪魔の手先に使われているなんて、そのようなことがあったらわたくしは耐えられない！」

「姉上、姉上、落ちついてください」

アランは姉に寄り添ってその震える背をさすったが、恐ろしい想像に秀麗な顔は引きつっている。

「まだ、何もそうと決まったわけではないのです。義兄上の究明にゆかれただけで、なにごともなく戻ってこられるかもしれないし——私たちが考えても仕方のないことです。グイン陛下のご武勇を信じましょう。もし何かあっても、陛下のお力で魔道の力も斬り破ってこられるだろうと、そう思うしか」

「でも、でもアラン、万一のことがあったら——」

身もだえするアクテに、ハゾスは彫像のように立ちつくしていた。その目は、友に降りかかった災厄と、主君が落ち込んでいこうとしているかもしれぬ災厄にむかって大きく見開かれ、ふるえていたのである。

3

「さあ、こっちへ来て、リギアさん――だったよね。ごめんね、あたしは、こういう口のききかたしか知らない女だから」

王の後宮で、ヴァルーサは少々申し訳なさそうに言いながら自ら動いて席をととのえていた。女官にまかさずてきぱきと動いて、長椅子にクッションを置き、卓に茶器をならべて、カラム水をそそぐ。皿には種入りの焼き菓子の、香りのいい果物、つけ焼きにした肉をかる焼きパンにはさんだもの、煮詰めた果実を中につめた小さめのつまみ物などが、ところせましと並んでいる。

「どうぞお構いなく、ヴァルーサ様」

リギアはさっさと動きまわるグインの妾妃の躍動する身体に、多少圧倒されるような気分になっていた。ケイロニアに来て十日ほどたち、旅の疲れも治まったところで、グインに双子の子供ができたという話を思いだしたのである。

およそ物堅いグインに、妾妃ができたというのも珍しければ子供ができたというのもまた驚きで、できれば、一度お目にかかりたいものだとそば仕えの女官にふともらしたところ、それがどこからどう伝わったのか、今日、後宮の妾妃そのひとから招待がきて、こうして午後のひとときをすごすことになったのであった。

「ご招待いただいて感謝いたしますわ。まあ、こちらが、グイン陛下のお子様たちですのね」

「様、なんてやめてよ。ヴァルーサで充分——そう、ほら、かわいいでしょう？　王様があたしにくださった子供たちよ、どうかそばへ来て、よく見てやってよ」

ふたつのゆりかごに寝かされている双子の赤ん坊にリギアは身をかがめた。

「初めてお目にかかりますわ、王子様、王女様」

ささやきかけると、女の子のリアーヌはリギアの顔にむかって不思議そうに翠玉の目をまたたき、くうくうと喉声をあげて手を伸ばしてくる。男の子のアルリウスはすやすやと眠っていて、ふっくらした頬に、幼くとも長いまつげが影を落とすほどだった。

「ほんとうにおかわいらしいこと。ヴァルーサ様もたいそう誇らしくていらっしゃるでしょうね」

「だから、ヴァルーサでいいったら。——うん、こんなに可愛い子供たちの母親にしてもらっただけでも、あたしは王様に感謝してる。あたしみたいなただの踊り子が王様の妃ってだけでもおそれおおいのに、その上、お子まで生ませていただいたんだから。こらこらリアーヌ、お客様の髪をひっぱったりしちゃだめ。おとなしくしなったら」

「おてんばさんでいらっしゃるのね」

「そりゃあもう！」ヴァルーサはお手上げ、というように手を上げて肩をすくめ、

「アルリウスのほうは眠ってばっかしで手間がないんだけど、リアーヌと来たらまるで猫の子みたいになんにでも手を出して——壁からつるしてあるおもちゃにだってとびついて引っ張り落とそうとするんだから、ほんとに目が離せない」

苦笑してあたりを眺め渡す。リギアを請じ入れる前にある程度片づけられてはいたが、それでも片隅に置かれた子供のおもちゃや、小さな衣服、子供の目を楽しませるための色鮮やかな綴織などは、豪奢であるはずの後宮に、家庭的な雰囲気を生み出していた。

リギアにはそれがとても好ましいものに思えた。

「陛下はヴァルーサ……を、とても愛していらっしゃるのね」

「ま、そんな」

たちまちヴァルーサは真っ赤になって頬に手をあてた。

「そ、そりゃ、王様はあたしのことは嫌っていなさらないだろうと思うし、あたしはそりゃ王様のことが大好きだけど、その、愛とか、そういうのって、なんだか恥ずかしいな。あ、愛してるとか、そういうのって」

恥ずかしい恥ずかしい、とさかんに身をくねらせるヴァルーサを好ましく見やって、

リギアはカラム水をすすった。

グインが妾妃をもったときいて、はじめによぎったのは心配だった。女性というものに対して、シルヴィア妃のことで手ひどい痛手を受けているグインが、再び身に近づけることにした女性というのはどういうひとだろう、と考えていたのだが、このヴァルーサなら安心だと思えた。グインを振りまわし、傷つけてばかりだったシルヴィアではなく、彼女なら、グインを守り、その安らげる場所になるだろうと思えた。

「もしよろしければ、話していただけません？　グイン陛下とのなれそめのなにかを。さぞかしすてきなものだったんでしょうね」

「そうだねえ、あれは、すてきなんてもんじゃなかったけど、でも、王様はほんとに頼りがいがあって、大きくて、すばらしかった。あたしは王様といっしょに冒険をしたんだ、そりゃあ、ぞっとすることも、いっぱいあったけど……」

話せば長くなるんだけど、と前置きしてヴァルーサが語り出したことは、リギアには戦慄と驚愕の連続だった。それははからずも、サイロンを先頃おそった大災厄の、そのさなかに巻き込まれた人間の証言だったからである。

アラクネーの大グモからグインに救われたのに始まり、短剣一つでグインのあとについて魔道師の騒乱の中を駈けぬけたヴァルーサの話は、また、リギアの気にいった。英雄たるグインのそばにあって、勇気と知恵をもってグインをたすけ、果敢に立つヴァルーサのすがたは、男に守られることを当然とこころえ、ことあれば即座に失神してしまう貴婦人たちをひそかに心中ばかにしていたリギアにとって、まことに痛快だった。

ヴァルーサはなるべくしてグインの妃になったんだわ、とリギアは思った。

（シルヴィア妃とはまるで正反対のかた。きっとこのかたなら、グインをしあわせにしてくれるにちがいないわ）

「おふたりはたいへんな大冒険の末に結ばれたのですね。グイン陛下がヴァルーサを選ばれたのもわかる気がしますわ。男性にとって、危険にも負けずに自分のそばに立ち続けてくれる女性というものがどれだけ大切か、わかるひとは少ないけれど、陛下はそのおひとりですものね」

「あたしは王様が大好きよ」

昂然とヴァルーサはいった。

「王様がそういうなら命だっていらないわ。王様があのいやなヤンダル・ゾッグに奪われそうになったときにはほんとうに絶望で目がくらんだけれど、それでもあたしは王様を信じてはなれなかった。……そうね、あたしは、王様の妃だってことがとってもうれしいし、誇りに思ってる。王様があたしを好いてくれることがしあわせ。この子たちも――」

とリアーヌとアルリウスを愛しげに見やり、

「こんなにしあわせでいいのかってくらい、あたしはしあわせよ。それもこれも、王様があたしを好いてくれてるおかげ。だからあたしは王様のためにできるだけのことをするのよ。たとえどんなことが起ころうと、どんなことがあろうとね」

「すばらしい覚悟でいらっしゃいますわ」

ほんとうはもっとこの強い女性にふさわしい言葉があるような気がしたが、そのへんの茶会で話している女たちのような言葉しか思いつかない自分が腹立たしかった。

リギアは今はどこにいるかわからないスカールのことを思った。一度は探しに出たものの、クリスタルの壊滅のために身動きがとれなくなって今では探すすべもないが、自分は、ヴァルーサのように迷いなく彼のために身を捧げられるだろうか。

ふたたびパロに大難が襲い来たったいま、リギアは、以前のように何も考えることなくスカールの抱擁に身を投げることなどできそうもなかった。いずれにせよリギアはやはりパロの人間であり、その存続がかかったとき、やはりパロのために動かねばいられないのだ。

つかのま、リギアはヴァルーサをうらやましく思った。彼女はその身になんのしがらみもなく、グインのために身を捧げ、その愛にひたむきでいられる。だが自分はいまだにパロという国にしばられ、愛する男を捜し出せないまま、こうして異国に身を置いている。

「リギアさんはさ、そういえば、好きなひととかいないの」

その思いを見抜いたように、ヴァルーサがいたずらっぽく首をかしげた。

「そんなに綺麗で、勇敢でいるんだもの、きっと好いてくれる人がたくさんいるんじゃないの」

「そうですね、わたしは……」

戯れの恋ばかりは多い女ですわ、といいかけてリギアはいいやめた。なんとなく、そんな答えを返すことは、ヴァルーサの正直さに対して不誠実なような気がしたからだ。

「……ええ、言い交わしたお方がおります。もしときが来たら、ともに暮らそうと約束している方が」

「へええ、それで？　それでどうしたの？」

目を輝かせて身を乗り出してくるヴァルーサにむかって、リギアは微笑を向けた。

「……残念ながら、まだときが至っていないのでしょう、わたしも彼も、長いあいだ遠く離れたままでおります。今ではわたしは、彼の居場所さえ知りません。生きているのか、死んでいるのかさえも」

どんな微笑であったのか、自分ではわからない。だが、ヴァルーサは、息を吸い込むように口に手を当てると、さっと立ちあがって、リギアのそばへ来たかと思うと、その豊かな胸にリギアをぎゅっと抱きしめた。あまい乳の香りがただよった。リギアは呆然として、やわらかなヴァルーサの抱擁の中で動けなかった。

「大丈夫だよ」

強くリギアを抱きしめながら、リギアの耳もとでヴァルーサはささやいた。

「そのひとは生きてる。ちゃんと生きてるよ。生きて元気で、いつかちゃんとあんたんとこへ戻ってくる。うそじゃないよ。あたしには見えるんだ。そのひとは今もあんたを想ってる……そうしてきっと、あんたんところへもどってくるよ。きっとね」

リギアはとまどいがちにヴァルーサの背中へ手を回した。にじむように温かさが身体に広がってきて、それと同時に、彼女の言葉の意味がしみこんできた。

「そんな風に言ってくださってありがとうございます、でも、わたしは……」

「ほんとだよ。あたしはね、そういうことが少しだけわかるようにできてるらしいんだ。そのあたしがいうんだから、信じてよ。あんたの想いびとは、きっとどこかで元気でいるよ。心配ないよ」

「ヴァルーサ――」

やわらかな抱擁に身をまかせて、リギアは言葉を失った。なぜだか、泣きたいような気分になった。そう簡単に涙を流すようなたちではないと自分で思っていたし、またその通りだったが、ヴァルーサの腕の温かさには、長いあいだ胸の奥で凍りついていたなにかを溶かすようなぬくもりがあった。

「……そうですね。信じます。わたしの約束した方はきっと、いつかわたしのところに戻ってきてくださる。そうして、このお子たちのように――」

リアーヌとアルリウスのゆりかごのほうをそっと見やる。

「元気な子をさずけてくださる。そう信じます。ありがとうございます、ヴァルーサ」

もう一度ぎゅっと強く抱きしめてから、ヴァルーサはゆっくり腕をほどいた。少々恥ずかしげに笑いながら、

「ごめんね、ちょっと立ち入ったことしちゃったね。……でも、あんたがあんまり何もかもあきらめたような顔をするから、たまらなくなって」

「何もかも、あきらめた……」

そうだろうか。スカールと添うことを、自分はあきらめかけているのだろうか。

いくら尋ね回ってもスカールは見つからず、やっと情報を得たと思ってもたいてい彼はすでに姿を消したあとで、いつのまにか、リギアの心には疲れとあきらめが埃のように積もっていたのかもしれない。芯の強い女騎士としての自分にリギアは自信を持っているが、その彼女にしたところで、幾度も期待を裏切られ、今は探しに出ることもままならぬ身となってみれば、諦念が心に忍び込むこともままあろう。

ヴァルーサの抱擁は、気づかぬうちにそうしてたまっていた心の霜を温かい吐息で吹き飛ばしてくれたような気がする。しなやかな肢体とゆたかな胸を持つ浅黒いこのグィ

ンの妃に、リギアは固くなっていた心が流れ出すような安心を覚えた。

「さ、座って、もっとカラム水を持ってきてもらおうか。それより果実酒がいいかな？　あんたとはもっと話がしたいな、リギアさん。あたし、パロへ行ったことはまだないんだ。クリスタルってどんなところ？　もし辛いなら、話してくれなくってもいいけれど……」

「そんなことはありませんわ、ヴァルーサ。クリスタルの自慢話でよければ、どうぞ、いくらでもさせてくださいな」

胸に温かいものがともるのを感じながら、リギアは椅子に座りなおし、カラム水のカップを取りあげた。


（すばらしい女《ひと》だわ、ヴァルーサは）

日が暮れて、リギアは身体を温かなものでくるまれているように感じながら自分にわりあてられた部屋へ戻ってきた。ヴァルーサと思いきりしゃべったことですっかり気が晴れて、クリスタル以来肩にのしかかっていた暗い思いも晴れたような気がする。

（すばらしい妃に、すばらしい子供たち。彼女はきっとグインをしあわせにしてくれるにちがいない。シルヴィア妃のことを忘れさせることはできないにしても、きっと、充実した家庭を与えてくれるにちがいない）

なにか興奮したような気持ちで窓による。客人を迎え入れる外宮にはルノリアの茂みが揺れ、西の空は紺碧《こんぺき》ににじんで星が降るように輝いている。この広い空の下のどこかに、スカールもいるのだと思うと不思議に胸がときめいた。

（まあ、わたしとしたことが——まるで生娘みたいに）

両手で頰をおおって窓辺から離れる。手のひらに頰が妙にあつい。あてられてしまったかしらね、と苦笑して、寝台に投げだすように腰をおろしたとき、扉をそっと叩く音がした。

「どなた？」

「ブロンです。私の姫君」

丁寧な声が聞こえた。

「お部屋に入れていただいてもよろしいでしょうか——リギア殿？」

「あら。ええ、どうぞ」

たったいま、自分が小娘のように頰をあつくしていたことが気恥ずかしく、リギアはばたばたと動き回ってあたりを片づけると、あらためて、扉を開けてブロンを招き入れた。

「ありがとうございます、わが姫君」

入ってきたブロンは、ほほえみを浮かべてリギアの手に接吻した。

「ケイロニアに帰着してからは挨拶もせずで失礼いたしました。軍に帰投の報告をせねばならなかったのと、宰相閣下に呼び出されてクリスタルについての報告をしなければならなかったもので」

「気にしないで、わかってるわ。わたしもハゾス殿には話をしたから。あなたもケイロニア軍人として任務を果たさなければならないのよね」

向かい合って腰をおろしながら、リギアはふと思いだしてブロンの手を取った。

「そういえば、ずいぶん助けてもらったのに、ちゃんとお礼をまだ言ってなかったような気がするわ。あらためて、ほんとうにありがとう、ブロン。あなたがいなければ、わたしたちはクリスタルを出ることもできなかったし、ケイロニアまで逃げ延びることもできなかったでしょう。すべて、あなたのおかげだわ――ありがとう」

「私ばかりではありませんよ。私のよくできた部下たちと、それから、あなた、リギア殿自身のご武勇もあってのことだ」

「それから、ヴァレリウスの魔道もね」

言っておいてやらねば少しばかり気の毒な気がして、リギアは言い添えた。

「今ごろ、どこでどうしているかしら、ヴァレリウスたちは。アッシャの力をちゃんと制御できるようになっていればいいけれど……」

「あの少女にも大きな恩をおっていますからね、我々は。あの大蜘蛛の化け物と相対したとき、あの娘の力がなければ、ヴァレリウス殿のほうが押し負けていたということらしいし」

「考えてみればたいへんなことを乗り越えてきたものね、あなたも、わたしも」

快活にリギアは笑った。

「その中でも騎士の誉れを守り抜いたあなたたちにはほんとうに感謝しているわ、ブロン殿」

「それは、あなたの男を見る目は確かだったということでよろしいですか？」

ブロンはおどけて片目をつぶり、リギアは思わず声をあげて笑った。戯れの恋の相手とはいえ、この男もまた戦士として十分な力量を持っているのだ。

「それで、今夜は何のご用？　久しぶりに、わたしのところへあたたまりにきたということ？」

「いいえ。実は、お願いしたいことがありまして」

ブロンは威儀を正した。

「実は、アル・ディーン殿下について、特に護衛部隊を編成するように命令が出ているのです。リギア殿、パロの聖騎士伯として、その部隊の隊長となってくださいませんでしょうか？」

「わたしが？」

正直言って意表を突かれる申し出だった。アル・ディーン――マリウスについて、護衛部隊を編成することに異論はない。敵から守るためというより、むしろ、彼が宮城から逃亡しないようにするためという意味で。

しかし、その隊長に自分が、ということは考えたことがなかった。むろん、パロの王子であるアル・ディーンを守る部隊であれば、パロの聖騎士が隊長に立つのが妥当ではあろう。しかし、それに自分がなる、というのは、なんとも現実感の持てない話だった。

「わたしが隊長になって、ケイロニアの騎士を率いるの？　無理とはいわないけど、なんだかしっくりこないわね。そりゃあわたしだって部隊を率いた経験がないわけじゃないし、護衛の任務もしたことはあるけど、ケイロニア騎士としては、よそものの、しかも女のわたしに上に立たれることには異論はないの？」

「パロの王子がパロのお方によって守られることは当然でありましょう。ケイロニア騎士たちに関しては、ご心配なく、受けた命令に反するようなものはおりませんよ。あなたがパロ人で、女性だからといって、軽く見るものにはあなたの剣戟を見せてやればいい。たちまち黙るでしょう。そもそも、女だからと軽視するような不届き者など、わがケイロニアにいはしませんがね」

「ほんとうかしら。わたしに引き受けさせたくて、都合のいいことを言っているんじゃないの」

「とんでもない、真実ですよ。もしあなたに無礼な口をきくような者がいたら、その時は私が剣をとって立ち会いましょう」

「けっこうよ。男に守ってもらわないといられない女じゃないつもりだわ」

とげのある口ぶりになったのか、ブロンは驚いたように黙った。リギアは咳払いして、

「それはいいとして、実際、マリウス――アル・ディーン王子はどう言ってるの？　彼のことだから、護衛部隊をつけられるなんて冗談じゃないと思っていそうだけど」

「まあ、そうですが――」

「ひょっとして、彼に恨まれる役が嫌で、同国人で知り合いのわたしなら恨みを買わないんじゃないか、少なくとも、慣れてるんじゃないかということ？」

ブロンは少々居心地悪そうに身じろぎした。

「まあ、そう、そういう話があることも、否定はしません」
二、三度咳払いしてブロンは続けた。
「アル・ディーン殿下に護衛部隊のことをお話ししたらたいそうな荒れようだったそうでしてね。そんなものをつけられたら自殺する、とまでのさわぎだったそうで」

「それで、誰も隊長になりたがらないってわけ？」

「命令されれば受け入れるでしょう。しかし、あの方のご気性をよくご存じで、しかも、親しいお方にお願いするのがよいのではないかという話になったのです」

リギアはため息をついた。つまり、誰もアル・ディーンの行動について責任を取りたくはなく、結局同国人で気心の知れているリギアにお鉢が回ってきたということだ。面倒ごとを押しつけられただけではないか。

リギアが眉をひそめているのを見て取ったのか、ブロンは額の汗をふいて懇願するように、

「こんなことを、本来我が国のお客人であるところのあなたにお願いする義ではないのはわかっています。しかし、アル・ディーン殿下のご気性を考えると、どうにもわれら無骨なケイロニア者ではお相手しきれぬと思われます。リギア殿はアル・ディーン殿下とは乳姉弟の仲とお聞きしました。クリスタルからここまでの道行きでも、殿下をよくなだめていらした。リギア殿ならばアル・ディーン殿下も、受け入れてくださるのではないかという、上層部《うえ》の判断なのです」

「……そう。わかったわ」

ため息をついてリギアは額を揉んだ。

「でも、今すぐ返事はできないわね。二、三日考えさせて。返事はそれからでもいい？」

「ええ、もちろんです。ありがとうございます、リギア殿」

ほっとしたようにブロンは笑っている。面倒な話を持ち込まれてしまったとリギアは

思った。宮廷に連れてこられたことで羽根を逆立てているマリウスの世話などごめんこうむりたいが、それをケイロニアの人々に任すというのも心配だし、どちらにとってもよいことはないだろう。やはりここはリギアが表に立って、反抗するであろうマリウスを抑えにかかるしかないのだろうか。

つい憂鬱な顔をしたリギアをブロンは気がかりそうに見ている。気を取りなおして元気づけるように笑ってみせると、ほっと肩から力を抜いた。

「それで、あなたはこのまま帰るつもり？　それとも、少し温まってから帰るつもり？」

「ケイロニアは寒いですからね。できれば少し、温めていただければ光栄なのですが」

リギアは微笑を浮かべて立ちあがった。薄物を脱ぎすてて寝台へと向かう。寝台の縁まで来たとき、男のむき出しの熱い腕が、背中から抱きついてきてしっかりと胴を締めつけた。

4

小さく扉を叩く音がした。

「誰さ？」

寝台に俯したまま、ふてくされてマリウスは応えた。

もうイリスの四点鐘をすぎている。あたりは静まりかえって、こそりとの音も聞こえない。

誰が訪ねてこようと、今日はもう扉を開けないつもりだった。昼間は、まったく大さわぎだった。ササイドン伯としてのマリウスを知っている貴族たちはもとより、知らないものたちまでもが、パロ第一王位継承者に拝謁したいと連日押し寄せてきていて、マリウスはその対応から逃げ回っては捕まえられて連れ戻されることを繰り返していたのだ。

当時マリウスの妻だったオクタヴィアが今は皇帝であるとあって、マリウスに取り入っておけば自分の宮廷での地位もよくなると考えたようだ。ばか者があまりにも多すぎる。それでなくとも、キタラを抱えた王子を珍しい動物を見るようにじろじろと眺められて、マリウスの憤懣はとどまるところを知らなかった。

「今日はもう僕、誰とも会わないからね。いくら叩いたって無駄だよ」

「わたしよ、マリウス」

マリウスはぎょっとして起き直った。

忘れたことのない声だった。しかし、ここで聞くはずもない声だった。少なくとも先触れもなにもなく聞くようなものでは。

「タヴィア？」

半信半疑で首を伸ばして呼びかける。

「オクタヴィア？　タヴィア、君かい？」

沈黙が返ってきた。マリウスはしばらく考え、えいっと寝台を飛びだして、扉を引き開けた。

そこには、月の光を紡いだような白銀のゆたかな髪があった。さえざえとした青い瞳、彫像のような白い面差し、すらりとした長身。ケイロニア皇帝オクタヴィア・ケイロニアスが、白に金糸でイーラル鳥のすがたを縫いとったガウンのすそを引き、肩から毛皮の縁取りのある肩掛けをかけて、常夜灯の薄明かりの中に立っていた。

「タヴィア、オクタヴィア！」

われにもあらず、マリウスはあわてた。

「君みたいな人が、先触れもなく、お供も護衛もなしにこんなところへ来るなんて、本気かい？　君はケイロニアの皇帝なんだよ！」

「あなたにそんなことを言われるとは思わなかったわ、パロ第一王子、アル・ディーン殿下」

微笑をふくんでオクタヴィアは言った。

「話は聞いているわよ、あなた、ずいぶん女官や侍従たちを困らせているそうじゃないの。あなただって先触れやお供や護衛を引きつれて歩くべき身分なのよ、違うの」

「でも、だけど、僕はここの宮廷の人間じゃないじゃないか。君は皇帝だ」

「ほんとうに宮廷にいるのが嫌なのね、マリウス。相変わらずだわ」

オクタヴィアは一歩下がって、裸足で床に立っているマリウスをじっと見つめた。

「少し話をしたくなってきたの。二人きりで、誰にも邪魔されずに。ちょっと外へ出ない？　部屋の中は息がつまるわ、でしょう？」

「う――うん……」

あまりにも思いがけない来訪者と思いがけない申し出に、マリウスはしばらくもじもじして子供のように服を引っぱったまま突っ立っていた。しかし、微笑したままオクタヴィアが返事をうながすように首をかたむけているのに気づくと、はじかれたように飛びあがって、着替えを手伝いもさせずに椅子に投げてあった衣装に飛びついた。

「護衛を断ることはできなかったの、ごめんなさいね。でも、話の聞こえない距離を保つようにきつく言っておいたから」

二人は客人の宿泊の間のある外宮を出て、ルノリアの茂る庭園を縫うように歩いていった。冴えた月光の下に、イリスやサリア、ニンフなどの美貌の女神の彫像が白亜に輝いている。そのイリスの彫像の下で、オクタヴィアは足を止めた。

「ずいぶん……久しぶりね。マリウス」

「うん」

短く、マリウスは言った。むろんここへ来てから一度も会っていないわけではなく、到着の翌日に玉座の間で謁見してはいるのだが、その時はもちろん親しく言葉を交わすことなどできず、形式的な挨拶を交わしたのみだった。マリウスは燦光冠の下のなめらかな顔をろくに見上げることすらできなかったのである。オクタヴィアのほうもかんたんな言葉をしかかけることはなく、マリウスは、もはや彼女は、自分と結婚していたことすら忘れたがっているのではないかと疑ったほどだった。

「その……マリニアは元気？」

「ええ、元気よ。すくすく育っているわ。あなたに似て音楽が好き……かどうかはわからないわね、耳が聞こえないから。でも、音楽が演奏されると気持ちよさそうにしているわ。とても聞き分けのよい、頭のいい、やさしい子よ」

「それはよかった」

そう言ってしまってから、あまりにも他人行儀に聞こえたような気がしてマリウスは具合悪く黙ってしまった。何を言おうと、自分が実の娘を捨てて、ケイロニア宮廷を出奔したことには変わりがないのである。父親としての愛情がないとはいわないが、幼い頃に別れたままの娘に、それほど近しい気持ちも持てないのがマリウスの正直な気持ちだった。

「気にしなくていいのよ」

おどおどしているマリウスの様子を見て取ったのか、オクタヴィアはやさしく、

「わたしとマリニアを置いていったことを、責めようなんて思っていないから。あなたはわたしと、お父様との前であなたが何者であるかを示したわ——歌で。あなたは宮廷のかごにはとどまれない人、自由な風を感じていなければ生きていられない人——だから、わたしたちは別れた。そのことについては、もう考えないで。わたしはわたしの道を行き、あなたはあなたの道を行ったのよ」

「でも、結局ぼくはここに戻ってきてしまった」

いくぶん苦く、マリウスは言った。二度と戻らないと誓ったケイロニアの宮廷に、め

ぐりめぐったあげくまた戻る羽目になったのである。オクタヴィアはうなずいた。

「そうね、確かに……クリスタルの襲撃の報告は受けているわ。なにはともあれ、あなたが無事でよかった。わたし個人としても、政治的にもね」

「無事でよかったって言ってもらってありがたいけど、政治的にもって何さ」

「イシュトヴァーン王がリンダ女王を押さえているなら、パロの国そのものがゴーラにのっとられる危険性があるからよ。あなたが正統な王位継承者としてケイロニアにいてくれれば、ゴーラの乗っ取りを防ぐことができる。ケイロニアは他国の紛争にはかかわらないのが国是だけれど、あなたを保護することによって、まずはゴーラへの牽制をすることが可能だわ」

マリウスは口をあいてオクタヴィアを見つめた。

「どうしたの？」

「君がそんな風に考えるとは思いもよらなかった。……政治的、かあ」

「あなた、言ってたでしょ。わたしはいまではケイロニアの皇帝なのよ。周囲の国との折衝はいつでも考えなくてはならないわ。それともわたしが、そんなことを言うなんて予想外だった？」

「うん……」

マリウスの頭の中では、オクタヴィアは今もトーラスのオリーおばさんの店で真っ白になって粉を練り、布で頭を包んで町の女たちといっしょにせっせと立ち働いている印象が強くあって、皇女となってからのオクタヴィアの印象はむしろうすい。その皇女となってからのオクタヴィアも、極力政治にはかかわらないようにしていたから、そのオクタヴィアの口から政治的、などという言葉が飛びだすと、なにか妙な気がするのだった。

「仕方がないのね」

オクタヴィアの表情はどこまでもやさしかった。

「あなたにとってはいつまでも、政治なんてことはいちばん遠いことなんでしょうね……いつか、言っていたわね。まつりごとの駒にされるくらいなら死んだ方がましだって。このケイロニアの宮廷に来ると、またそんなことにならないかと心配なんでしょう?」

「う――うん、それは」

居心地悪そうにマリウスはもぞもぞと、

「もちろん、君はそんなことしないってわかってるけど、どうにも気持ちが――」

「――でもねマリウス。そういうわけには、いかないかもしれないのよ」

「なんだって!?」

「マリウス。わたしがまだ皇帝になったばかりだっていうのは知ってるわね」

思わず高い声をあげかけたマリウスだったが、燃えるような瞳で見つめられて、言葉を飲みこんだ。

「わたしはまだすべての国民から認められてるというわけじゃない――わかってるわ。どんなに万歳と叫ばれたところでお父様のように無条件にひとを従わせるだけの威厳や能力はまだわたしには備わっていないし、そうなるにはまだ時間がかかる。でも国の支配は待ってくれない。わたしは一刻も早く、この国を支える、強靱な柱であらねばならない」

オクタヴィアはくちびるをかんだ。それはまだ力が足りぬと自分で認めなければならないいらだち、悔しさやもどかしさがつい表に現れたようでもあった。

「あなた、パロの第一王位継承者をケイロニアに受け入れるということは、新興のゴーラに対して対抗する姿勢を取るということになるわ。ゴーラ王イシュトヴァーンはパロを蹂躙しているのだから。今すぐゴーラに対する軍を興すというわけではなくとも、イシュトヴァーン王から見ればケイロニアがゴーラに対抗姿勢を取ったということはわかるはず」

「そ、そうかもしれないけど」

マリウスは口ごもった。

「そりゃイシュトヴァーンはそう思うかもしれないけど、でも僕は――」

「あなたがどう、ではなくて、周囲の人間がどう思うかなの。わたしはケイロニアの皇帝として、あなたという存在を国に入れたことの意味を考えないといけない。もしゴーラがこのままパロを征服しても、あなたという王位継承者がここにいるかぎりパロの命脈は保たれる。そしてケイロニアはその後ろ盾になる。あなたがどう感じようと、そうなってしまうの。万が一、イシュトヴァーン王があなたの身柄を求めてきた場合には、わたしはその対応を考えなければならない」

「なんだって！」

「……もちろん、わたしはそう簡単にあなたを引き渡したりしないけれど」

なだめるようにオクタヴィアは続けた。

「そういうことなの、マリウス。あなたはパロ一国の命脈だけではなく、ケイロニアの体面をもかかっている身の上なの。ササイドン伯だったときとは違うのよ。もちろん、それ以前の気ままな吟遊詩人だったときともね……わたし、あなたのために護衛部隊をたてるように命令したわ」

「えっ、いやだよそんなの、うっとうしい！」

「そういうだろうと思っていたわ。でも、今は逃げないで、どうぞこらえて。あなたが堅苦しい宮廷が大嫌いなことはわかっているし、できれば、望みは叶えてあげたいけれど、ケイロニアとパロ、二国がかかわっている今では、いうことは聞いてあげられないのよ。黒曜宮にいる限りはできるだけ自由にふるまってもらっていいし、人の評判なんて気にする必要はないけれど、勝手にケイロニアを出たりしてもらっては困るの」

「そんなのひどいよ、タヴィア！　僕がどんなに宮廷ってものを嫌ってるか、わかってるんだったらそんなこと言えないはずだよ。僕はキタラを弾いてればいいってわけじゃないんだよ。自由に、土地土地を流れ歩いて、気に入ったところで足を止めて人々の前で歌うのでなければ生きた心地がしないんだ、わかってるだろう？」

「ええ、わかってるわ、それがあなただということは。わたしだってこんなことはいいたくないけれど、でも、わたしは今はケイロニアの皇帝なのよ。あなたを守り、パロの後ろ盾になる務めがある。ケイロニアの名誉を守り、他国の干渉をはねのける義務がある。そのために、あなたがおとなしくして協力してくれることが必要なの。無理を言っていることはわかっているけれど、いうことを聞いて。竜王の魔道はこのサイロンにすら手が届くのよ。あなたの身を守るためには、護衛隊なんかでは足りないかもしれないのに。わたしはね、あなたが心配なのよ、マリウス」

「イヤだ。僕は、そんなものに守られるのも、かごに閉じこめられるのもふるふるごめんだ。僕はただ歌っていたい、それだけなのに、何がいけないんだ？　パロはそりゃ、僕の国だし、ケイロニアには世話になってるけれど、だからってなんで僕が息の詰まる思いをして死にそうにならなきゃいけないのさ」

「聞き分けてちょうだいな、マリウス。あなたはパロの王子なのよ」

「そんなこと、わかってるよ。みんな、僕に王子王子ばかり言って……もうたくさんだ。僕は、僕だよ。なんにも変わりゃしない――吟遊詩人のマリウスだ。パロの王位継承者なんて、僕以外に誰もいないっていうから我慢しているだけで、代わりがいるならすぐさま代わってあげるよ。イシュトヴァーンのちくしょうがリンダを捕まえているのはわかってるけど、だからってなんで僕が窮屈な思いをしなきゃいけないのさ。そんなの、僕のせいでもなんでもないじゃないか――なのにみんなして、よってたかって僕を閉じこめようとする」

「閉じこめようとなんてしてないわ、あなたを守ろうとしてるのよ」

「同じことだよ。僕は誰からも守られるすじあいなんてない。僕は僕として、ひとりで自由に生きていくんだ。それでなければ生きていく価値なんてない」

「マリウス……」

途方に暮れたようにオクタヴィアは肩を落としてイリス像に身を預けた。きらきらとした銀髪が白亜の彫像に降りかかり、精気を与えるかに思える。しばらくそうしていたあと、オクタヴィアはふいに、くすりと小さく笑った。マリウスは動揺した。

「な――なに？」

「いいえ――あなたがある面ではとても、とても頑固だったってことを、思いだしただけ」

オクタヴィアは夜空を見上げた。

「そうだったわね——あなたは、たとえ拷問されてもシルヴィア皇女のもとに行くことをうなずかなかったわ。あんなにひどい目に遭わされてたのに——そのことを思いだしたのよ。あのときは笑い事じゃなかったけれど——まったくこの僕が、われにもあらずあのグインに助けてやってくれるよう頼んでしまうくらいに」

　男っぽい口調になって、オクタヴィアは横目にマリウスを見た。それは、イリスと呼ばれていた青年——むかし、失われたアキレウス大帝の皇子として帝位を狙っていた、あの青年の横顔だった。

「まったく君と来たら、ふだんはまるでふわふわくにゃくにゃしているくせに、ある一線にかかると頑固で頑固で——あのときは小父のダリウス大公もまいっていたな。どんなに鞭打たれても、水をかけられても、焼いた針で指を突き刺されても、できない、の一点張り。このままじゃ死んでしまうって僕は本当に思った。あの頃の僕がそんなお節介をしてしまうくらい、君は、ばかで、頑固で、そうして——正直だったたっけね」

「オ——オクタヴィア？」

「ちょっぴり昔のことを思いだしただけよ」

　ふだんの口調に戻って、オクタヴィアは言った。

「ねえ、マリウス。わたしがトーラスでの暮らしや、その前の旅暮らしを懐かしんでいないとは思わないでちょうだい。今、わたしは思いがけないヤーンの指先によって、一度は謀略で謀り取ろうとしたケイロニアの皇帝の座にこうしてついている。でも、わたしだって、あなたと同じように望んでこの座についたわけじゃない。背中に背負ったこの重荷のことが、いとわしくなるときもある。トーラスでオリーおばさんとまんじゅうをこねたり、あなたと馬に乗ってふたり、旅をしていたことを思いだして、泣きたくなるほどなつかしくなることだってある」

「……」

「今がしあわせじゃないのかといわれればそうではないけれど、あのとき、あなたといっしょにいたわたしは、まちがいなくしあわせだったわ。国のことも、政治のことも何も考えずに、ただあなたとマリニアのことだけ考えていればよかったあのころ。なんて自由で、たわいもなくて、しあわせだったんだろうと思うわ。

でもだからといって、今を捨てようとは思わない——わたしの肩には、ケイロニアの国と、国に生きている民人すべての運命がかかっているのですもの。わたしが倒れれば、大ケイロニアすべてが倒れてしまう。わたしは倒れるわけにはいかない。投げだすこともできない。どんなに昔がなつかしくても、もう昔に戻ることはできない」

「……」

マリウスはすねたように横を向いていた。

「マリウス、皇帝としてではなく、あなたの妻だったオクタヴィアとして言わせて。どうか、あなたを守らせてちょうだい。あなたはマリニアの父で、わたしの夫だった人。その人が危険にさらされるかもしれないとは思いたくないの。わたしは一度、あなたが死ぬほどに痛めつけられるのを見ている。陰謀に巻き込まれて、何度も刺客の剣にかけられようとしたところも、ひどく傷ついたところも、見ている。あなたをまたそんな目に遭わせたくないの」

「そんな目、って――」

唇をとがらせてマリウスは呟いた。

「何も、そんな目に遭うなんて決まってやしないじゃないか」

「それはそうよ。そんなことがあったらたまらないわ。わたしはただ妻であった人間として、夫であったあなたに、安心させて、とお願いしているだけ。もし護衛の件だけ我慢してくれるなら、サイロンの街中へ歌を歌いに降りたってかまわないわ。ほんとは、黒曜宮にずっといてもらいたいけれど――」と言いよどんで、

「でも、あなたにはきっとそれは無理でしょうからね。信じてほしいの、わたしはただ、あなたを守りたいだけ。王子と言われてあなたがうんざりする気持ちもわかるつもり、でも今は、昔のようにふらりと旅に出ることはできないの。わたしが望まずにケイロニアを背負ってしまったように、あなたも望まずにパロを背負ってしまっているのよ。お

願い、わたしたち、愛しあっていたわよね？　少なくとも、昔は」

「そんな言い方はずるいよ、タヴィア……」

マリウスは疲れたように言った。オクタヴィアはうつむき、そっとマリウスの肩に頭をあてた。きらかな銀髪とくるくる巻き上がったくせ毛が混じり合った。少し躊躇してから、マリウスはゆっくりオクタヴィアの背中に手を回した。オクタヴィアのほうが背が高いので、オクタヴィアのあごがマリウスの肩に乗った。

「ねえ、マリウス」

オクタヴィアはささやいた。

「わたしは今でもあなたの月《イリス》かしら？」

「うん」

短くマリウスは応えて、オクタヴィアの背に回した腕に力をこめた。

「うん、タヴィア。うん……」

静かに抱き合う二人を、彫像のイリスが空白の瞳でじっと見下ろしていた。


早朝、黒曜宮に出仕のひとびとが集まってきた。宰相のハゾスをはじめ、復興長官のアトキア侯マローン、大蔵長官のナルド、宮内庁長官のリンド、近衛長官の若いポーランなどの顕官貴族、文官、武官などが謁見の間に集まり、ざわめいていた。

その中を、ひとり、通りぬけていくものがいた──すれ違った者はみな、

（お……）

（あれは……）

（なんと……）

と首をのばして見たり、振りかえったり、何かこそこそと囁きあったりするのだが、
その当人は、なんら気にかけた様子もない顔で、するすると人々の間をぬけていく。

「おや──」

近くを通りすぎたその人物の出で立ちを見て、ハゾスの目は飛びだしそうになった。

近くにいたマローンが「おっ」と息をつめて視線で跡を追いかける。

「ハゾス殿、あれは──あの方の格好は──」

「しっ」

ハゾスはうわの空でマローンを制し、

「なんとまあ、ササイドン伯──ではない、パロ第一王子たるお方が、なんという」

「何か、かんに障りでもしたものか……それにしても」

「おとめしましょうか」宮内庁長官のリンドがわきからそっと言った。

「皇帝陛下の御前であのお姿とは、あまりにも──」

「いや、待て待て、ここでもしへそを曲げられて、騒がれなどしては朝の謁見が」

「しかし、このままにしておいては御前の風紀が」

わいわい言っている間にも、その人物はまっすぐに前を見据えて、しっかりとした足取りで謁見を待つ人々の前へと出ていく。

やがて、銅鑼が鳴った。

「十二選帝侯に選ばれし君主にしていとたかき支配者、ケイロニア第六十五代皇帝、オクタヴィア・ケイロニアス陛下、ご出座！」

美声の触れ係が声をあげて呼ぶと、数段高くなった玉座のわきの幕がさっと上がり、女帝オクタヴィアが姿を現した。

その人物はさっとかぶり物を取って片膝をつき、頭を垂れた。ざわついていた人々もいっせいに跪いて平伏したのだが、ハゾスは首を曲げてその人物をこっそり見上げずにはいられなかった。その人物は涼しい顔をして皇帝の御前に頭を垂れている。

ゆったりと進み出てきたオクタヴィアは、膝をつくその人物の上に目を留め、少し驚いたように目を見開いたが、すぐに笑顔になった。

玉座につき、謁見の開始が告げられる中、その笑顔は消えなかった。そして、身分順に呼ばれるならわしに従い、その人物が「パロ第一王子、アル・ディーン殿下！」と叫ばれたとき、笑みはいっそう深くなった。

アル・ディーンは——マリウスはすばやく立ちあがって前に進んだ。彼の若々しい顔は紅潮し、目はきらきらと輝いていた。片手に吟遊詩人の三角帽子を持ち、背中に斜めにキタラをかけた姿で、彼は、どこかうっとりとした笑みを壇上のオクタヴィアに向けた――青いチュニックに短い緑のマント、ほっそりした足通し、革紐で巻いた靴、三角帽子にキタラ――街中の、どこにでもいる吟遊詩人の衣装でもって、彼は、恐れ気もなくケイロニアの皇帝の前に立ち、目を輝かせて、微笑していたのであった。

あとがき

どうもお世話になります、五代ゆうです。

一四六巻、いかがだったでしょうか。ついに「あの方」がグインに会ってしまったりとか（グインが前回の鮮烈な一別を忘れてしまっているのがくやしいところではありますが）ドリアン坊やがお兄ちゃんのもとへ連れ出されたり（それにしてもアストリアスはつくづく気の毒な人でありますね）なんとかパロが沿海州に食らいつくされるのはまぬがれたかと見えてまたなんとやらだったりして、こまごまといろんなことが起こっております。

今回のタイトルである『雲雀とイリス』ですが、もちろんこれはマリウスとオクタヴィアのことではあるんですが、書く前はもうちょっと二人にしっぽり語り合ってもらうつもりでした。離婚したとはいえ嫌いで離れたわけではなし、いろいろともの思うこともあるだろうと思ってさあ書き出したんですが、書き始めたら、マリウスが宮廷はイヤだこんなとこ嫌いだ僕は王子なんかじゃないの一点張りで、説得するのに苦労しているうちになんだか場面が終わってしまいました。なんだかなあ。

女戦士が好きなわたしはオクタヴィア、というかイリスも好きで、彼女が皇帝として立つことには大いに応援してあげたい気持ちなんですが、マリウスもそこのところをどうか汲んでやって、あんまりわがままを言ってあげないでほしいという気持ちです。いつまでも自由で、小鳥のように歌っていてこそのマリウスだというのはわかるし、宮廷というものに徹底的に背を向けるにいたった彼の心の傷もわかっているつもりなんですが、やっぱり、もう少し大人になってもいいんじゃないの？　ともちょっと思ってしまいます。まあ大人になってしまったらもうそれはマリウスじゃない気もしますが。彼はやっぱり永遠に少年なのですよね。

グインと相対した「あの方」は、どうやらグイン争奪戦に参戦するようです。力を求めるのではなく、あくまでグインという存在に内包された秘密を求めてとのことらしいですが、生前のときのように、さまざまなしがらみや、肉体的な限界をもたなくなった彼はこわいです。以前に、「いまの彼は『ベルセルク』のグリフィスのようなもの」と書いたおぼえがあるんですが、その人格自体は決して悪ではないにせよ、自分の欲望というか目的を追求するのにいっさいためらいも何もなくなっている状態で、それに魔道の力もあわさって、なかなか手強い勢力になっている気がします。

　まだ彼の手もとでうなだれているイシュトヴァーンですが、彼も、ドリアン坊やがモンゴール派に担ぎ出されそうになっているせいでうかうかしてはいられなくなってきました。カメロンを殺したことによってますます怨嗟を身の上に引きつけることになっていくイシュトヴァーン、なんか、あっちでもこっちでもイシュトヴァーン殺すイシュトヴァーン追っ払うと言われ続けていて、少し可哀想にもなってきます。わたしはイシュトヴァーンがかなり好きなので、不幸なことにはあまりなってほしくはないのですが、その一方で彼はどんどん血に染まっていくばかり……

　カメロンを殺したことを自分に認めてしまったら彼の自己の一部はきっと崩れ去ってしまうでしょうから、いま、「あの方」にすがってようやく自分を保てている状態だと思うんですが、そこから放たれて走り出したとき、どこまでどのように走り抜けていくかが、見ものだと思います。

　パロはどうやら沿海州総出で食い荒らされることはなくなりそうですが、その代わり、なにやらあやしげな装置が出てきました。装置っていうより部品でしょうか。ボルゴ・ヴァレン王は古代機械の入手をもくろんでいるようですが、この部品が、パロにある古代機械とどのようなつながりを持つのか、あるいは別のところに第二の古代機械が存在するのか、見守りたいところです。ファビアンはなぜドライドン騎士団に入ってきたのかの話もこれからせねばならんし。

　アンダヌス議長はあれだけ巨大な存在感を示していながら、正篇には舞台が中原中心だったせいかなかなか出てくる機会がなくて、あれだけインパクトのある人物なんだからもっと出てほしいなと思っていました。これから彼が、ボルゴ・ヴァレンと組んでどのような魔手をパロにのばしてくるか、心配です。

　リギアとヴァルーサも会わせることができました。この二人、きっと会ったらすごく気が合うんじゃないかと思っていたのですが、母になったヴァルーサのやさしさが、リギアの心を癒やしたようです。スカールと別れてもう随分たちますが、なにもかも終わったらスカールのもとへ行って、その腕に抱かれると約束したあいだがら、ふと物思うこともあろうと思っていました。リギアも女性、スカールの力強い腕に抱かれることを想ってみることもあると考えます。強くて潔い女聖騎士伯のリギアもすてきですが、ちょっと女らしいやわらかさも見てみたいところ。リギアとスカールが再会できる日はいつのことになるのでしょうかね。

　このごろすっかり暑くなってクーラーが欠かせない我が家です。猫が四匹いるとその放つ熱量もはんぱない。冬にあれだけぬくいということは夏になるとそれだけ熱いということで、猫といっしょに寝ている部屋などクーラーの設定をちょっと低めにしないとじっとり汗をかいて、朝飛び起きてシャワーを浴びなければならないほどにべとべとになってしまいます。

　汗をかくのがいやで外にもあまり出なくなってしまってますます家の中に引きこもりがちな毎日です。漢方薬をのんでなんとか元気を出そう！　とがんばっているところですが、暑いとやっぱりへにゃ～っとなってしまってダメですねえ。これが出る頃には少しは秋風も立つ頃になっているのでしょうが、皆様もどうぞ夏バテにはお気をつけて。

監修の八巻様、今回も詳細なご指摘ありがとうございます。グイン・ワールドはあまりにも広く、その中で立ちつくしてしまいがちなわたしを導いてくださっていつも感謝しております。どうぞこれからもよろしくお願いいたします。

　担当の阿部様、泣き言だらけのわたしにいつも付き合わせてしまって申しわけありません。なんとかもうちょっと執筆スピードを上げようと念じておりますのですが、百三十巻の正篇の重さに立ち止まってしまいがちな書き手を、それでも支えてくださってありがとうございます。今後ともよろしくお願いいたします。

　丹野忍様、カバーイラストをいつもありがとうございます。いつだったか、担当阿部氏からナリス様がお好きと聞いた気がしますが、ご期待に応えられる物になっているでしょうか。

　それでは次巻『闇中の星』にてお目にかかりましょう。

著者略歴　1970年生まれ，作家
著書『アバタールチューナーⅠ〜Ⅴ』『〈骨牌使い〉の鏡』『風雲のヤガ』『翔けゆく風』『永訣の波濤』『流浪の皇女』『水晶宮の影』（以上早川書房刊）『はじまりの骨の物語』『ゴールドベルク変奏曲』など。

HM=Hayakawa Mystery
SF=Science Fiction
JA=Japanese Author
NV=Novel
NF=Nonfiction
FT=Fantasy

グイン・サーガ⑭⑥

雲雀《ひばり》とイリス

〈JA1397〉

二〇一九年十月　十　日　印刷
二〇一九年十月十五日　発行

（定価はカバーに表示してあります）

著　者　五《ご》代《だい》ゆう
監修者　天狼《てんろう》プロダクション
発行者　早川　浩
発行所　株式会社　早川書房
郵便番号　一〇一 - 〇〇四六
東京都千代田区神田多町二ノ二
電話　〇三 - 三二五二 - 三一一一
振替　〇〇一六〇 - 三 - 四七七九九
https://www.hayakawa-online.co.jp

乱丁・落丁本は小社制作部宛お送り下さい。
送料小社負担にてお取りかえいたします。

印刷・株式会社亨有堂印刷所　製本・大口製本印刷株式会社

ISBN978-4-15-031397-5 C0193